KYOTOオンディーヌ

小川征也

作品社

『KYOTOオンディーヌ』／もくじ

KYOTOオンディーヌ

1．島のベンチは花の雨

二〇〇五年春

スキンヘッド、紺色木綿の作務衣を着た若者が私を迎え入れた。よく磨かれた中廊下、三階への階段を案内人が腰を屈めゆっくりと歩を運ぶ間、私はしだいに足元から血の気がひいてゆくのを覚えた。歩を進めるうちにＢＧＭが流れているのに気がついたのだ。あれは……あれは、自分の作詩した「ＫＹＯＴＯオンディーヌ」ではないか。

この曲は間違いなく私の作詞したものだが、表向きは大月のぼるという人物にその役を託している。それというのも私にはくさぐさの裏仕事があり、作詞家として世間に知られるのを憚るからなのだ。それが私を待ち受けていたように、いきなりこの曲である。ひょっとするとこれは、あの男天田一星の放った最初のジャブではなかろうか。俺は何でも知っている、俺は万能だ、俺に刃向かって無事に帰れるなどと思うなよ……。

天田一星なる人物、あるときは右翼の巨魁、あるときは大物フィクサー、時には暗黒街の羅針盤ともいわれているが、自らはその実体を韜晦《とうかい》し、「夕暮れの帝王」と呼ばせて得意がっていると聞いたことがある。

案内された三階は仕切りのない五十畳ほどの広さで、ホームバーや撞球台があるかと思えば二方の壁を隈なく占めた本棚には吉田松陰やニーチェの全集が厳かに並んでいた。春の陽光が洪水のようにふりそそぐ窓側には二十人は座れるコの字型の長椅子と、その先にスティール製の折畳み椅子が一つ配置されていた。天田はこの粗末な椅子で若い衆に清貧の暮らしを説教するのだろうか。

この部屋に入ったとたん音楽はKYOTOオンディーヌから英雄交響曲にがらりと変わり、これはもうサントリーホールなみの音響を響かせていた。

指揮者天田一星はタクトこそ持たないものの窓際の空間を指揮台にして、天を仰ぎ地に伏すほどの熱演を見せ、総髪にした純白の毛髪が春の陽光を浴び無数の蜘蛛の糸となって宇宙に散乱するかと見えた。ようやく第一楽章が終わった。私は咳払いを我慢し、指をポキポキいわせたい衝動も自制した。

指揮者は窓の方を向いたまま第二楽章を開始した。静寂な、あまりに静寂な出だしを、その原初の澄み切った水音をひきだすために泥鰌すくいを連想させるほど身を沈め、それからパセティックな感情がひたひた、ひたひたと潮のように高まるさまを、身もだえしながら体をせり上げることであらわした。悲愴な感情が頂点に達し、指揮者の首がはげしく横揺れを起こしたそのとき、私は声をかけた。

「ムッシュウ・ピエール・モントゥー、今日のウイーン・フィルは素晴らしいですね」

指揮者は驚きを表すために斜めに身を倒しながら走った。そして身を起こし振り返り、絶妙の間をとってからウインクを放った。

「君は人に声をかける潮時を知っている。そういう人間は死ぬ潮時も知っているものだ」

天田はソファの中央を指して私を促し、自分は粗末な折畳み椅子に真直ぐに背を伸ばし腰かけた。たしか齢は七十二、三、もう十年も前この人が美しい孫娘とツーショットで撮られているのを週刊誌で見た記憶があるが、眼前のその人はあの写真より若々しく、頬からあごへの彫りの深さ、瞳の奥にある憂愁にも似た光輝はいまだ探究心旺盛な老教授といった趣があった。

「君は森田議員の秘書をやめて何年になる。君はいずれ国会議員、いや日本を背負って立つ男と期待されていたそうじゃないか」

いかにも懇《ねんご》ろに天田はいい、微笑を浮かべた。

「やめたのは六年前です。しかしそれが何か？」

「君は秘書をやめてからも森田の依頼する仕事を誠実にこなした。口が堅く、金銭に綺麗な男と、全幅の信頼を置かれていたのに、何故金を拐帯《かいたい》したのか。それに君が簡単に政治家を断念したのも、腑に落ちないんだ。これは今度のことと関係あるのかい？」

しばし私は考えた。何故自分は政界に入り、そこから遠ざかることになってしまったのか、と。

しかしそんなことより、そもそも私はこの世に何故存在しているのだろう？

「風来坊なんです」と私は答えた。答えてから私はこれが真実の理由に一番近いことに気づいた。

「ほほう、そうすると一億を拐帯したのも風来坊のなせる業というのか」

この一億円は、防衛産業関連の大企業から防衛族のドンである森田議員に渡るべき金であり、私は森田から手数料五十万を前金で頂戴し運搬を請負ったのだった。この一億は賄賂かヤミ献金かのどちらかであり、持ち逃げされたことを表沙汰には出来ないのだ。

「一億を何に使おうというのだ。君は奥さんを亡くし、子供もいない。ご両親も他界された」

「もしも……」と私は居ずまいを正しながらいった。「もう全部使ってしまったといったら、天田さんどうされます」

天田は立ち上がり私の目を覗きこんだ。もしも私が嘘をついているのなら、天田の眼力に屈服したろうが、そうはいかなかった。

「君は一昨日の夜、あの会社の顧問の家で金を受け取り、昨日の朝、森田にこの金は自分が貰ったと連絡してきた」

「そして天田さんが昨夜私に連絡し、出頭を命じたというわけです」

「その間に、君、どうして一億が使えるんだい、使えるわけがないじゃないか」

「それがですね」と私は天田の目を見返しながら「実際にこのとおり使ってしまったんです」といって内ポケットの財布から一枚の紙片を取り出した。

それは先刻、私の仲間数人と手分けして難病基金に振込みをした伝票の一枚であり、振込人は森田正蔵その人であった。

「天田さん、わが国には、スモン、再生不良性貧血、ベーチェットなどの指定難病があり、そのうち四十の基金に、一億円を等分にして振り込んだのです、森田議員の名前でね。それでお願いがあります。今すぐ天田さんから議員にそのことを伝えていただき、了解するよう説得してほしいのです。ああそうそう、各基金には森田正蔵の名で寄付する旨の文書をすでに発送しました」

言い終らぬうちに天田の体が揺れはじめた。軽快にリズミカルに、ボサノヴァのステップを踏みながら向きを右に九十度変えた。

「瀧川君、私の肩に両手をかけたまえ。始発列車シュッパーツ」

ポーと一声、汽笛を鳴らし天田号は出発した。シュッポシュッポシュッポポと次第に蒸気の噴出は速くなり、私という重い客車を連結しているため両手のピストン運動はいやがうえにも加速されるのだった。そうして、この始発列車は撞球台の原野を二周し、突然バー・カウンターの前で停止した。そこには金色の卓上電話が置かれていて、天田は私に森田の番号を回させた。

「森田君、いやあ愉快愉快、最近これほど爽快なことはないね。しかし君も人が悪いな。あの一億、難病基金に寄付したと早くいってくれればよかったのになあ。まあまあ、いいからいいから、いいってことよ、金は天下を回る、そうだな森田君」

天田はそこで声を低めゆっくりと、しかし圧しこむようなドスを利かせて念を押した。

「君は一億円を難病基金に寄付した。真実はこれ一つだ。いやご苦労ご苦労」

天田はすたすたと椅子に戻り、私はその後を追い天田の前で直立の姿勢をとった。

「ところで天田さん、あなたはこの金の授受に関与してますね、きわめて密接にね」

これは私の第六感、いやヤマカンに過ぎないが、予想どおり右翼の巨魁は一瞬その目に不穏な色を浮かべた。

「この件はいま落着したのじゃなかったか」

「そう、一応はね。しかし真実は一つであり、それを私は知りたいのです」

「私は何ら関係していない」

「いやあなたは関与してますね。むしろ中心人物でありましょう」

「何を根拠にそんなことをいうのだ、君は」

「簡単なことです。森田議員はあなたに金の回収を依頼しましたが、これが新しい条件であると、一億回収すればあなたは五千万の報酬を要求するでしょう。あの計算高い森田議員がそんなことをするわけはない。他のもっと安くて済むルートを使うはずです。つまり、あなたに依頼したということは、あなたはこの件であの会社からすでに多額の報酬を得ているということです。同じ穴の仲間でしょう、お二人は」

私は、同じ穴のムジナといおうとしてとっさに言い換えた。この人の目には後ろ暗さなど微塵も見られず、そんな言い方を許さない高貴ささえ感じさせた。

「仮にこの件にあなたが関与していないとすれば、私は大変な間違いを犯したことになります。じつは一億のうちの半分は天田一星の名で振り込んだのです。昨夜あなたの電話をいただくまでは考えもしなかったことですが」

私は財布から振込人天田一星の伝票を取り出した。さきほど、森田の伝票には一瞥を投げただけの天田であったが、今度は上着のポケットから眼鏡を取り出し、じっとその一枚を凝視した。

一分の時間が百倍ほどの重みを持って経過した。

「瀧川君、この振込みは君一人でやったのか」

「いいえ、仲間五人と手分けしてそれぞれ五つの金融機関を回ったのです。大金だと目立ちますからね」

「その仲間は一億の出所を知っているのか」

「いえ、知りません。でも胡散臭い金であるとは思ってるでしょうね。私が一億貯めこんだなどとは誰も思っちゃくれませんから」

「これは必ず洩れるな、洩れないわけがない」

「たぶん洩れないでしょう。口止め料を払ったりしたら面白がって喋るかもしれないが」

「いったい、どんな連中なんだ、どんな仲間なんだ」

「べつに共通の趣味や思想があるわけじゃありません。共通点といえば二枚貝のように口がかたいこと、突飛な話にぱくっと飛びつくこと、靴は同じ一足をちびるまで履き続けること、エトセトラエトセトラ」

私はそこで深く息を吸いこみ、さらに続けた。

「それでお願いですが、各難病基金に文書を郵送していただきたいのです。これこれの金額を寄付したこと、今後も定期的に寄付する意思であることを認めて、今日中に」

私が基金のリストを渡すと、天田は無言で受け取り部屋を出て行った。

私は背骨がきしむほどの伸びをしながら窓際へと足を運んだ。

庭の真ん中に檜皮葺《ひわだぶき》の東屋があり、それがミニチュアに見えるほど広大な芝生の庭に陽がふりそそぎ、周りの花樹がとりどりの花を咲かせていた。

一匹のトラ猫が東屋からのっそりと出てきた。巨きな猫である。私より大きな伸びを一つして飛石沿いにゆっくりと歩き、端まで来ると花を巡りはじめた。まず石楠花に寄って開きかけた蕾に何かささやき、桃の下では花を眺めながら悠々とあくびをし、それから木蓮の下で立ちどまった。

白木蓮は満開を過ぎて花びらがひろがり、満ち溢れる日の光を受けかねているように見えた。私はなぜかふとウイーン楽友協会のニューイヤーコンサートを思い出した。妻と一緒だった。何事にも希望があり、光は目前にあり、春の予兆があった七年前のあのとき。しかしいま、それらを共有する人はどこにもいないのだ、どこにも。

「瀧川君、シャンパンをやろう、さあ乾杯だ」

天田はコルクの針金をはずしにかかっていた。

「待ってください、開けるのは」

いいながら私は席に戻り、居ずまいを正した。

「本題に入らせていただきたいのですが、よろしうございますか」

私は天田を見据え、一呼吸置いてからこういった。

「明日までに一億準備していただきたいのです、明日までに」

とっさに天田は何かいおうとしたが、声には出さなかった。そして微笑とも困惑とも放心ともつかぬ不思議な表情を浮かべながら人差し指を目の前に立ててそれを凝視した。

私は考えた。この人差し指は一億のほかに何か別の意味があるのだろうか。あるいはそれは絶体絶命の切り立った岬を意味し、岬の果ての海原には貪欲な鮫どもが私を待ち受けているということか。

「一億円か……断ったら君はどうする」

「すべてを公表します、すべてをね」

きっぱりと私は答えた。

「しかし、事実を公にすれば、君もお縄を頂戴することになる。君は刑務所暮らしをしたいのかね」

「あなたは最高裁まで争って刑務所に行く。私は逮捕されるまでにこの世とおさらばします」

「君ね、人間そんな簡単に死ねないよ。あまり粋がるもんじゃないぜ。で、参考に聞くがその一億は何に使うのだね」

「決めておりません。それに私は一億貰うより事実を公表するほうに気持ちが傾いているともいえます。私自身、今回の一連の行動をうまく説明できません。ともかく天田さん、自分の身が大事なら一億準備することです」

天田は貴婦人のように静かに椅子を立った。そして、私の近未来について諭すような口調でこう予告した。

「どうやら君は死ぬことを何とも思ってないらしいな。それなら、世間に何も語らないまま死ぬことだね。この家を出る前にな」

すかさず私は右の内ポケットから五枚の紙片を出し、天田に手渡した。そこには今度の一連の経過が細大漏らさずワープロ打ちされていた。

「同じものをマイチョウの社会部記者に送ってあります。この男はたぐい稀な高貴な精神の持主であります。私がＯＫするまでは開封しないことを約束しています」

「しかし君が死ねば君はマイチョウの記者に開封をＯＫすることも出来ないだろう」

「わたくしのＯＫとは、彼への連絡が十日間途絶えたことを意味します。私が今日ここで消されれば十日後に殺人罪、収賄罪の嫌疑が産声を上げることになりますね」

私がいうや否や、天田は双手を天高く挙げ甲高い声で叫んだ。

「万歳、万歳、君はでかした、でかしたぞ。明日二時にここに来たまえ」

翌日、私は九五年式クラウンを転がして予定どおり天田邸に向かったが、だんだんと気が重くなった。助手席には、三日前現金輸送に貢献したドンゴロスの巾着袋が再度の出番を待って横たわっている。

約束の時間にまだ間があるのと、この袋におさらばしたい気持ちが高じてクラウンは予定のコースをそれ、友人の骨董店「今古堂」に向かった。私の一億円への情熱は風前の灯、小指の先ほどに小さくなっていた。

今古堂ことキンちゃんの店は九品仏の参道沿いにあって、「骨董、時計修理、珍品奇書」の看板を掲げている。トタン屋根の低い軒をくぐると、間口狭く奥行き長い空間に、普通名詞では特定し難い物、物、物がひしめき合っている。鼻のかけたビクターの犬、文字盤が白骨化した柱時計、干瓢を煮しめて腐らせたような縄暖簾など、世の役に立たない物のデパートなのだ。

キンちゃんは中ほどにある二畳の小上がりで、懐中時計の解剖実習に余念がなかった。

「やあキンちゃん、その人はまだ生きてるようだぜ。内臓を取り出すのはまずいんじゃないかい」

「その声は慶さんだな。これはなあ慶さん、勝海舟が咸臨丸で持ち帰ったものでなあ、いま遺伝子組み換えで生き返らせてるんだ」

キンちゃんはピンセットで歯車らしいギザギザ部品をつまみ上げ、私の耳元で振ってみせた。

「どうだい聞こえるだろう。ムケツカイジョウムケツカイジョウってな」

私はくすりとも笑わず、本題に入った。

「今日は商取引で来たんだ。この巾着袋、一億でいいから買い取ってもらいたい。たったの一億、明日になれば二億になるよ」

「ふーむ」とキンちゃんは袋に顔を近づけ、「ドンゴロスだけど、石炭運びには使ってないな。裏街道を渡ってきたって、こいつ、そんな臭いをぷんぷんさせてるぞ」

店主はあくまでもゼロ円を主張するが、そのくせこれを手に入れたいのである。袋を見るちょっと偏執的な目つきでそれがわかるので、「とりあえずしばらく置かせてくれ」といって袋を預け、私は今古堂を出た。私の気分はよほど軽くなった。

この日の天田一星は若衆と同じ作務衣を着て、バー・カウンターの研磨作業にかかっていた。

と見たのは私の誤りで、カウンターを鍵盤に見立てハンガリアン・ラプソディ二番を熱演しているのであった。

撞球台にはきのうのトラ猫が片手を枕に悠々と眠っており、ＢＧＭにしては騒々しいこの曲に耳の毛一本動かさなかった。

「やあリスト先生」と私は大声を発した。「大変です。ワグナーのやつ、先生のお嬢ちゃんにちょっかいを出してます」

天田は、架空の鍵盤から手を離した。

「瀧川君、シャンパンにする、マティーニにする？」

「今日はいただきます。マティーニをください」

天田はカウンターに入り、冷蔵庫の氷をボウルに入れてピックで砕き、それと目分量のジンとベルモットをシェーカーにぶっこみ、右手一つで軽快に振った。

「さてワグナー君、君はうちの娘によく手を出してくれたよな。早速責任をとってもらわにゃならないが、じつは瀧川君、もうひとりレイコというカメラウーマンの娘がいてね、真面目な話、こっちを嫁にもらってくれないか。齢は三十八だから姉さん女房にはなるがね」

いいながら右翼の巨魁は深々と頭を下げた。

「親の口からいうのも何だが、洛陽一の美女にして頭脳明晰、思いやりもたっぷりある。ただ親父に対する反発からか正義感が非常に強い。あっちこっち世界の紛争地域を駆け回っていたが、近々アフガンから二人の子供を養子に迎えることにしたそうだ。それでどうだろう、たしか君は三十七だから一つ年上の女とは最高の組み合わせだし、一度に二人の子に恵まれることにもなる。昨夜君の容貌を話したら娘は大いに乗り気になったようだ。筋肉質で背丈は百八十センチぐらい。やや面長で咀嚼の強そうなあごの骨格。形はよいが生半可なパンチにはびくともせぬような鼻梁。とりわけ切れ長な目は精悍で砂漠の賢者を思わせるが笑うとトンボ捕りの少年のように人懐っこい顔になる、とね」

天田は一気にいうと、思い出したように二つのグラスにマティーニを注いだ。

「それでは一億いただきましょうか」

私は押し殺した声で催促した。

「よい縁談と思うが、考えてもらえないか」

「ノーです。一瞬こころが動きました。会ってみたいと思いました。しかし、レイコさんには未来がありますが私にはそれが無い。だからお断りします」

天田は首を振り、ふーっと溜息をついた。

「一億は用意してあるが、君はそれを望んじゃいない。ただ私を屈服させたかっただけじゃないのか」

天田はいうと、自分に聞かせるように、きのうのあの目は金を要求する目ではなかったな、人は狙った鷹を撃ち落したときにあんな目をするもんだとつぶやき、急に声を強め話頭を転じた。

「今晩、あの島から通信があった。命令に近い通信がね。私はすぐにこれは瀧川君を寄越せという招請であると直感した。瀧川君、あの島に行けるような僥倖にめぐり合う人間は百万に一人といないんだよ」

　私は心臓がでんぐり返るような衝撃を覚え、「島とは何ですか、その島はどこにあるんです」と勢いこんで訊ねた。

「それは世界人文地理学会に認知されていない島ではあるが、ごく限られた人間にとっては太陽のように実在する島なんだ」

「仮に私がそこへ行ったとして、何をするんですか」

「ただぼけっとしてればいい。そこで君は、多彩な夢をともなう快い眠りと美しい蝶にかしずかれた甘い目覚めのときを堪能するだろう。ただし催眠のために秘術をほどこすことになって、これはさほど副作用は無いものの禁制の原料を使用するらしい。だから十分に考えたうえ行くかどうか決めることだ」

　まずありえない話だけに私は大いに食欲をそそられた。こうなると私は自分で自分の歯止めが利かなくなる。

「天田さん、あなた自身はその島へ行ったのですか」

「私はね、君のように口が堅くないから行きたくても行けないのさ。この島に行ったことを一言でも洩らしたり島の在り処を探ろうとしたりしたら、たちまちこの世から抹殺されるんだ。五年前、私が行かせた男の一人がほどもなく消されてしまったからね」

　天田の口調に嘘、けれんは少しも感じられず、私の頭は好奇の念で弾けそうになった。

「ともかく一度行ってきたまえ、試みに」

「何度でもいけるのですか」

「そうだ、週に一度を限度として何度でもね。ただし期間は一年だけだ。仮に一度行って面白くなければ、一億を差し上げよう。しかし二度行けば一億の件は消滅ということにしていただく。どちらにしても君は、この島に関し守秘義務を負うことになるな」

私にはもう抗う力は失せていた。

「一つだけ教えてください。その島からの招請はどんな方法で来るんです」

「それはね……」

天田は目を細め、南の窓を見やりながら立ち上がった。

「ブルーの薔薇だよ、ブルーの」

「ブルーの薔薇……ですって」

「そう、ブルーの薔薇」

いうが早いか天田は作務衣をかなぐり捨て、左の腕を私の眼前に突き出した。

「この彫り物は五十年も前に入れたもんで普段はすっかり色褪せている。ところがたまに明け方の眠りの中であの島からの声が聞こえ、男を一人寄越すよう細かい段取りまで指示してくることがある。それも最近じゃ滅多にないことだから半信半疑だったが、この薔薇に強い打刻の感覚があり、起きて見てみると、ほらこのとおりなのさ」

見ると、白い上腕の中ほどに七重、八重と開花した薔薇一輪がビロードの光沢を放ち息づいていた。

夕方五時、環八と目黒通りが交差する等々力不動前交差点の西南角に立ち、五分間ハモニカを吹くこと。それから交差点を渡り大井町線の等々力駅の方へ三百メートルほど歩くと、角に欅の大木の立つ脇道がある。それを左に折れ、すぐ左側にある、猫の額もかなわない小さな公園で待機すること。

「島へは行きたいときに行けばよいが、その公園で十五分待って迎えの車が来ないときは、島へのフェリーが欠航したと思って帰ってくれ。携帯電話を持ち込んだり、島の地理を探ったりしたら即刻消されるからね」

天田はそれだけを告げ、公園からあとの手順については何も教えてくれなかった。

三日後、二晩を不眠がちに過ごした私は逸る気持ちを抑えきれず、きっかり五時に等々力不動前交差点の西南角に立った。ここは、目黒通りの少し先と交差点の左右とに四棟のマンションがあり、そのほかにも事務所や店舗があるから、そのどこかから交差点の様子を窺っているのであろう。

私は今古堂キンちゃんから百円で購入したハモニカをショルダーバッグから取り出し、口に当てた。この楽器は息さえ止めなければそれなりの旋律を奏でてくれるのに、今日はフガフガと間の抜けた音しか出なかった。空に透かして見ると、中はスカスカで百十歳の爺さんの歯のようだ。見事にキンちゃんにつかまされたのだ。

もっとも、ここではハモニカを吹く真似さえしてればいいわけだから私は続けた。

ふいにおどけたような、怪鳥のおくびのようなクラクションが目前で鳴った。へんちくりんなハモニカ奏者をからかったのか、泥だらけのあおり板をガタガタさせながら一台のダンプカーが通り過ぎ、私はわれに返って時計に目をやった。きっちり五分が経っていた。

交差点から欅の大木の立つ道の角まではなだらかな下り坂で、歩道を踏む足のリズムが胸にまで伝わり、私は遠足に行く子供のように浮き浮きとしてきた。

道を曲がると、なるほど公園は小さく、田舎の駐在所ぐらいの広さに等々力渓谷の案内板と丸い腰掛けがいくつかあるだけだった。私はその一つに腰を下ろし、渓谷の大木の蔭に身を置いた。

腕を組み、瞑目して待つこと七、八分、「瀧川様でございますね」と抑揚のない女の声が話しかけてきた。目を開けると、薄ねずみのワンピースに紺のリボン・タイをした女が立っていた。背の高い、過不足のない締まった体を地味な服がタイトにつつみ、表情のそっけなさを十分に補っていた。

「そうです。瀧川です。そういうあなたは」

「どうぞ、こちらへ、早く」

女は私の出したジャブには構わず、目に力をこめて命令した。彫りの深いスラブ的な顔立ちに不釣合いな円い目をくりっとみひらいて。

私は女に従って公園に横づけされた車まで歩き、左の後部ドアから女に肩を押されて中に入った。車は黒塗りのクラウンで、座席には白いカバーがかけられ、窓にはレースのカーテンが引かれていた。

女は私の左に坐り、「運転手さん、どうぞ」とこれはまた別人のように優しい声で出発を命じた。この車はハイヤーでもタクシーでもないのに、運転手と私の間にアクリルガラスが据え付けてあった。

車が発車すると、女は足元に置いた裁縫箱のような四角い鞄からゴーグルらしき物体を私の鼻先に差し出した。手に取ると、黒色のアイカップを樹脂製のブリッジで連結し、ゴムのベルトをつけたタイプのもので、かけてみるとぴったりと合って外界が何も見えない。つまりこれで目隠しをしろというのだ。

「お嬢さん」

と私は、暗闇の中でも精一杯サービス精神を発揮して彼女をそう呼び、「これは私には必要ありません。口が堅いからこそ天田氏に選ばれたのですから」といった。

「きまりですから従っていただきます」

「こんなのイヤです。同じかけるなら婦人服が透けて見えるのがいい」

私はゴーグルをはずし、右手に下げてブラブラと振った。次の瞬間女の手が私の左手首をつかみ、続いて手の甲に何かチクチクするものをあてがった。

「それ、何です」

「活花の剣山です。こちらとしても美に奉仕する物を、こんなことに用いたくはないのです」

「わかりました。その高慢ちきな針をどけてください」

車は公園前の一方通行路を左に折れ、多摩川方向に下っていった。環八に出てから高速道路に入ろうというのか。私は見納めに、窓の外ばかりか女の方に顔を向け目をパチパチさせた。同時に女も私に目を向け、いやに強気な視線を放射したあと眼球をくるりと一回転させた。私はお返しに一つウインクを送った。

私はゴーグルをかけ、シートの背に体を預け目をつむった。車はまだ住宅街を低速で走っているようで、しゅるしゅると水面を滑るような音を立て滑らかに進んでいく。その長閑な感じは悪くないものの、やはりあれが起こった。

「困ったなあ、どうしよう」私は半分泣き声を出した。「閉所恐怖症なんです。重症の」

女は何の応答もせず、わずかに身じろぎしたのか、私の体臭とは別の少し酸っぱいような匂いを発散させた。

「以前エレベーターに閉じ込められたことがありますが、この眼鏡はそれよりうんと閉塞感が強いです」

「何か一所懸命考えるのです。閉所にいるのを忘れさせてくれるようなことを」

「僕にやわらかな、弾力のある、指先に快感が走るようなものを触らせてください。それが何か、必死に考えるので」

「そのようなもの、ここにはありません。効き目があるかどうかわかりませんが尻取りなんかどうでしょう」

「いいですよ。そのかわり出だしはあなたの名前にしてください。フルネームでね」

しばらく女は口を開かなかった。その間私は耳を澄まして音を聞き取り、車が環八を出て間もなく右折したと判断し、その辺の道路マップを瞼に浮かべた。この車、裏道を縫いながら中原街道に出るつもりらしいが、考えてみると車がどこを走ろうと、外輪をつけて海を渡ろうと、私にはどうでもよいことだった。

「ムロウジ・タカノと申します」

女は威厳のこもった重々しい声でいい、私は勝手にそれを「室生寺・高野」と漢字になおしながら「野村マンサイ」と続けた。

「イタミ・ジュウゾウ」「ウタダ・ヒカル」「ルッキノ・ヴィスコンチ」「チャーリー・チャップリン」「リンゾウ・マミヤ」

「ヤ、ヤ、ヤ……ええい、ヤが出てこない」

私はさらに「ヤ」を十回ほど唱えた後、「あなたとならコントの一つも作れそうな気がします」と、とっさの思いつきを口に出した。

それには彼女も同調し、まず二人で登場人物を決めた後筋書の検討に入ったが、二人ともコント作りは初めてである。「う、うーん」と彼女が切なげな声を洩らしたりするので、そちらに注意が行って仕方がなかった。

ずいぶんと長い時間が経ってから「今日はこれまで、間もなく島に着きます」と彼女が事務的な口調で告げた。

車はどうやらなだらかな迂路を上っているらしく、途中止まることもなく五分ほど走ると一旦停止した。たぶん門の前なのであろう、鉄の軋る耳障りな音がし、続いて玉砂利をタイヤが転がる音が五秒ほどした。それからかなり急角度に体が下降する感覚がへその辺りにし、次の瞬間車が停止した。

「ゴーグルをはずしてください」

いわれたとおりそれを彼女に渡し、「ここがパラダイスの島で、トヨペットクラウンがフェリーってわけ」と訊ねたが答えはなかった。すぐにドアが開けられ、外に純白のトレーナーを着た、海坊主と見まがう大男が立っていた。私は車を降り、大男との五十センチの隙間をどちらへ行こうかと、きょろきょろ視線をめぐらせた。ここは地下駐車場のようで、二十台は入るスペースに国産車が二台駐めてあり、天井の蛍光灯が海坊主の頭上で明滅していた。

彼は黙ったまま私の背中を押して車の前に立たせ、ボディチェックをほどこした。その手は八つ手のように大きくこの仕事向きかと思わせたが、手つきはすこぶる投槍で、男の体を触るのがよほど嫌いなようであった。

入管審査を終えると、「俺について来るんだ」と大男は一言命令し、車の出入り口の反対側にある鉄の扉を開けた。大男について階段を一階まで上がると、すぐ左の部屋の鍵が開けられた。廊下の先に目を凝らしていた私は肘をつかまれ、「入れ」と命令された。

中に入るとそこは五坪ほどの土間で、ルンペンストーブと箱型の電気蓄音器とかび臭い空気があるだけだった。

海坊主はそこを素通りし奥の扉へと歩を運びながら「あんた、入り口の方を向いててくれ」とまたしても命令した。扉を開ける際に鍵の操作を見られたくない、という意思を示したのかもしれないが、一瞥したところただの南京錠であり、これも一種の儀式なんだろう。

奥の部屋は壁も床もリノリウム張り、二方の窓には厚手のカーテンがかかり、部屋の真ん中に年式不明の傾いた理容椅子が置かれていた。そこに座らされた私は初めて海坊主の全貌を見ることになった。体つきはものすごくゴツくマウンテンゴリラの威容を誇示しているが、顔はわりと愛嬌があった。横に長い丸顔の両端に大きく開いた耳がくっつき、目は寄り目で鼻はぺちゃんこ、口は薄紅色のタラコ唇で、私は親近感を言葉に表した。

「この床屋椅子、買い換えたらどうかね。電動式のいいのが友人の店にあるから紹介するよ」

男は私の口を厚い掌で押さえつけ、「あんた、余計なことはいわんこった」といいながら私の顔を撫で回した。

私はまた口を開いた。

「鏡はないのかな。友人の店にソープ払い下げのいい鏡があるんだけど」

「鏡は要らん。ひげ剃りは一本ある。だいぶ錆びとるがな」

男はいいながら正面の湯沸かし器に火をつけ洗面台に湯をためタオルを浸した。

「あっちっちっち」

指の先で運ばれてきたタオルが私の顔にべたりと貼りつけられた。

「あっちっちっち」

私も呼応せずにはいられなかった。こうして「あっちっちっち」が繰り返され、三度目に及ぼうとしたとき私はおずおずと申し出た。

「そろそろひげをあたってくれよ」

海坊主は三度目のタオルを丁寧にわが顔に押し当ててこういった。

「ひげを剃るんじゃない。温めてリラックスさせてるんだ。どうだ、あと二回ほどやるか」

私は即座に答えた。「もう結構だ。十分リラックスしたよ。卵だって茹で過ぎるとコチコチになる」

海坊主はタオルをはがし、私の顔をしげしげと見た。

「あんた、小学校の入学の日、足に何を履いてたか憶えているか」

私は考えた。真剣に思い出そうとした。

「えーと、運動靴だったかな、革靴だったかな」

「憶えてないな。憶えていないということはその頃仕合せだったんだ。わしは裸足に草鞋履きだったからな。ところで、ここに鼠はいると思うか」

「この環境ではね。どんなタフな鼠だって棲息できないでしょう」

「しかしここに猫はいない。猫がいないのだから鼠は生き残れるはずじゃないか」

「でも鼠は何を食って生きてゆくんです」

「不思議なことにレコードが一枚ずつ無くなってゆくんだ。最後の一枚がまだ残っていてな、これが四七年のサッチモの名演さ。よほどサッチモが好きな鼠と見える。ところであんた、タスマニアデビルは神が創ったものと思うかね」

私は考えた。そして頭を振った。

「わしにもこの問題はよくわからんのだが、自殺したタスマニアデビルをわしは知っている。舌を嚙んで死んだんだ、可哀そうに。ところであんた、液体が好きか、気体が好きか」

「僕は雲が好きだ。雲が気体であるのなら、気体が好きということになる」

「そうか、それじゃチンキはやめて煙のほうにしよう」

男は初めて笑顔を見せ、今日何度目かの命令を下した。

「目をつぶっておれ」

私は右目をうっすらと開け、男の一挙手一投足を観察した。男は部屋の隅から小さなワゴンを引いてきて、その上の小鉢に綿棒ほどの象牙の棒を差しこみ、何やら練りはじめた。どういう仕掛けかドビュッシーの交響詩が鳴りはじめ、裸電球が消えて夏の夕暮れのような間接照明がつけられた。

男は何ものかを練り終えると、ワゴンの石油ランプに火をつけ、火箸ほどの木製の煙管を私に握らせた。

「ゆっくりゆっくり臍まで吸い込むんだ」

男は耳かきのような金属棒の先に練りものを掬い取り、それをランプの炎にかざした。とたんにぷつぷつと泡が立ち、そこはかとなくいい匂いが立ちのぼった。

そのものが棒の先から煙管の火皿に入れられると、私は目を閉じてナムアミダブを二度唱え、煙管を吸った。気体が喉、気管を通り肺の奥に達したとき、皮膚の毛穴という毛穴が開き、錨が切れたように体が浮遊してゆく感覚にとらわれた。

とつぜん海坊主が歌いはじめた。素晴しいバリトンでセヴィリアの理髪師の「なんでも屋の歌」を。

「ラ、ラン、ラ、レ、ラ、ラン、ラ、ラ、ラ、ああ、なんと素晴しい人生よ」

二服目をやるといくつかの過去の一齣が戯画化されて瞼を通り過ぎた。その一つはオザワがブルックナーを指揮する場面で、その夜のオザワは、たまたま席を隣り合わせて知り初めた私と妻を祝福するために高くジャンプして指揮台から落っこちそうになった。

「ラ、ラン、ラ、レ、ラ、ラン、ラ、ラ、ラ」

三服目がおわると、眠くてたまらないのに頭が冴え冴えとしてきた。こんなときこそ美しい詩句をと白い紙片に文字を記そうとしたが、紙がすーっと逃げていった。

やがて私の意識は一つの文字もとらえなくなり、ただ閉じた瞼のうちに雪らしいものがふりはじめた。

雪、雪、雪……。しんしんとふってくる雪。

私は、夢の中で、雪の牢獄に閉じ込められたいと願ったのかもしれないが、ほどもなくそれは花にかわり、海沿いのベンチにいる私に、真上からふりそそいできた。

見上げると、満開のソメイヨシノが風もないのに夥しい花を散らせている。これはなぜ、なぜと思ったとき私は、未知の島、想像の及ばぬ島に来たという感をつよくした。

花びらのシャワーは序曲であったらしく、あっという間にやんで視界が開けると、そこは三方を低い山に囲まれた小さな入江であった。私が座っているのは、瀬戸内の小島にあるような桟橋の入り口で、後ろには駅舎らしい木造建物が傾いで建っていた。

目を前方に転じた私は桟橋の外れに奇妙な物体が浮かんでいるのを発見した。よく見ると、外輪を二つ備えた筏状の物の上に象が一頭前足を大きな球に乗せて立っている。インドの花祭りから連れてきたのか、頭には純白のリース、胴体には綴れの緞子を着せられている。

あれは何だと注視していると、外輪が回転し物体が動き出した。波の動揺に微動だにしないところを見ると、あの象は張りぼてなのだろう。

物体はゆっくりと入江の中を小回りに一周し、私の三十メートル手前で停止した。

すると同時に、後ろのぼろ駅舎から「王宮の花火の音楽」が鳴りはじめ、それに合わせ象の鼻が真上に向いた。あっあれは生きていたのかとさらに目を凝らすと、鼻の先からピンクの水が勢いよく噴き上がった。

その噴出は数秒をおいて三度あり、私はこれが歓迎の儀式であり、このあとイルカの群れが海面に現れ、一列になってお辞儀をするんだろうと想像した。

ところが音楽がぷつんと切れ、象の鼻が元にもどっておしまいだった。

少しして足元から変な音が聞こえた。

「アビション、アビション」

見ると、いつ来たのか白黒ぶちの中型犬がベンチの横に鎮座していた。この犬は目の周りが右だけ黒く、半人前のパンダといった面相だ。

犬はピンクの鼻をひくひくさせて、また音を発した。

「アビション、アビション」

「君、それくしゃみかい。くしゃみはここではハクションじゃないのかい」

「そんな決まりはないね。梟のマインハイムなんかホーホーホッキコウなんてやるよ」

「驚いた。君は人間語が話せるんだね」

「何いってるんだ。針鼠もウスバカゲロウも言葉は同じだよ。そんなことより、さあ出かけよう」

犬は先に立ち駅舎を通り抜け、四十段ほどの石段を上がって右へ折れた。

道はゆるやかに上り下りし、右方の海へ、青々とした草地がなだれ落ちている。

「君は案内人らしいけど、誰にいわれて来たの」

「俺に用件を伝えたのはカモメだよ」

「すると僕はカモメの家に行くわけか」

「あいつはメッセンジャーで、あんたはあの人の家に行くのさ」

犬はだいぶご老体らしく、ときどき足をつんのめらせる。それでも足取りは速く、私を離しては後ろも見ないで立ちどまる。相当にプライドが高いようだ。

「ねえ君、風邪をひいてるようだけど、その恰好じゃ肺炎になるかもしれないよ」

「俺に、どうしろというのさ」

「服を着るんだ。わが国の犬はみな服を着てるよ」

「本当か。そんな自然の摂理に反することをしているのか。だいたい、おたくらの犬は服を着ていて、発情するんかい」

「わが国では、発情前に避妊手術が行われる」

「ひでえな。服を着せるうえにそんなむごいことまでするのか。おたく、何とかしてやったらどうなんだ」

「そうだな……あっそうそう、いいことを思いついた」

「犬に洋服を禁止する法律を作るんだね」

「そう、美人の牝犬にだけ禁止して、彼女らをストリッパーにしよう。こうすりゃオスは発情するし、僕は全国興行でがっぽり稼げる」

「こりゃひでえや。こんなワル、今まで見たことがないぜ」

犬は白目をむきながらすれすれに寄ってきて、水気をたっぷり含んだくしゃみを放った。

「ねえ君」と私は声のトーンをやわらかくした。「君の名前を教えてほしい。僕の名は瀧川慶次郎」

「ちぇっ名前か。まあ、カフカと呼ばれているがね」

「カフカ先生、ひとつ教えてくれないかな。さっき象がピンクの噴水を上げたあれ、僕の歓迎式なんだろう」

「ここじゃそんな儀式やったことがないな。おたくの見たのはゲン爺さんのゴミ運搬船にちがいないね。客に招かれたという意識が強すぎて、まぼろしを見たようだな。前にもあのゴミ船を見て竜宮城と早トチリした客人がいたな。海に飛び込んだはいいが鮫にケツの半分を齧られちまったぜ」

道は長い上りにさしかかり、カフカが歩度をゆるめ振り返った。

「ねえ客人、寄り道してひと泳ぎしていかないか」

「この桜の季節にか。鮫に尻の半分を持っていかれたくないし、海パンも持っていない」

「あれあれ海水パンツだって。そんなもん穿いたらワイセツ罪で捕まっちゃうぜ」

「今日のところは」と私は頭を下げた。「あの人のところへ直行してくれ」

「残念だな、婦人警官も誘ってあるのになあ」

「ちょっとカフカ、その彼女も水着をつけないのか」

「あったりまえよ。さあどうするね、瀧川慶次郎さん」

私は数秒黙考した後、咳払いを一つして海への誘惑を押さえ込んだ。

桟橋からおよそ一キロ、峠を越えると眼下に大きな湾がゆるやかなVの字をひろげ、その中ほどを真っ直ぐな砂洲が伸び、白砂の海と港とに二分している。

陸を見ると、商店街らしい大通りのほかは緑の中に家々が点在し、赤、青、橙の屋根が高原の町を思わせた。

カフカは峠を下りると左の道を上りだした。その先には丘の中腹に三段、オレンジの屋根、白いタイル張りの二階建てがそれぞれ十戸ほど並んでいた。どうやらその一軒が目指す人が住む家であるらしい。

ここで私はようやく目覚めたようだ。水色がかった薄暮のような明るさの中、ヘッドレスト付きの安楽椅子に私はもたれ、庭園灯に照らされた芝生の庭と向き合っていた。眠っているうちにリノリウムの部屋からここに運ばれたらしい。

少しして部屋の照明が普通の居間のような明るさになった。後ろのどこかから女の歌声が聞こえ、それにつられて私は椅子を立ち、周りを見回した。私のいるのは二間続きの奥のほうで、片側の壁は水底に沈む裸婦の絵で占められ、もう一方は右隅に二階への上がり口があり、鈴蘭燈がぼんやりと腰板を照らしていた。こちらは安楽椅子と応接セットがあるだけだが、隣の部屋は家具類が揃い、中でもトップロールの机が目を惹いた。その裏の辺りに台所でもあるのだろうか、そちらから聞こえていた歌声が少ししてやみ、絹ずれのような音が聞こえた。

「いま歌っていたのはヘンデルの『オンブラ・マイ・フ』ですね」

姿を現わした歌の主に声をかけると、肩をすくめるようにして足をとめた。いくらか青みをおびた涼しげな眼差やほっそりした襟足が、プラタナスの優しい木蔭を歌ったこの曲の余韻のように感じられた。

「バロックがお好きなんですか」

「ジャズもタンゴも歌謡曲も好きですよ」

「わあ、わたしもです。でもバッハのカンタータ一四七番はここじゃ特別のときにしか歌ってはなりません」

「ほうー、それはまた奇体なことで。あれはたしか……こんなメロディだったよね」

ラララ、と私はバッハとは縁もゆかりもない出まかせの音を口ずさんだ。

「いけません、やめて」

女は宙を飛んできて私の口を押さえた。そして私の耳に触れるほど口を近づけ、ささやくようにカンタータ一四七番をハミングした。

「このぐらいだと神様もお許しくださるでしょう」

私も女の耳元にそっと小さく同じ一節を吹きつけた。いつ手が伸びたのか私の左腕は女の肩を抱いており、女は腕の中で身を硬くしていた。

「何かお飲みになります」

切れ長な涼しげな目にぱっと灯がともる、というふうに瞳がうごき、眉から額にかけてけぶるようなものが匂い立っていた。私はビールを頼み安楽椅子にもどった。

貝殻の簾が揺れてさらさらと鳴った。女はピルゼンビールを運んできて、あらためてお辞儀をし「ユウコと申します」といった。

「ユウコってどんな字を書くの」

「はい、このように」

女は庭の方に向き、腕をしなやかに振って大きく「夕」の字を書いた。私はそれをなぞるように夕子という名を口にし、胸に刻みつけたような気持ちになった。

くつろいで飲むために、私と夕子はテーブルを挟んで絨毯に腰を下ろした。夕子はグラスを一杯空けると台所に立ち、また一杯空けると台所へを繰り返し、おひたし、昆布じめ、南蛮漬けなどを運んできた。

風のように立ち風のように席にもどる。そんな軽やかな仕草の夕子は水色のワンピースをタイトに着て、襟ぐり深く二つの果実をのぞかせていた。

「何か音楽をかけましょうか。たいていの曲は揃えてあります」

「一四七番を除いてね。でもこれがなぜタブーなのかな」

「知りません。その理由を知ろうとするのもいけないのです」

「ほかにもタブーがあるんですか」

「いろいろとね。占いはダメですし、どうしてかシャネルの五番をつけるのもね」

いつそうなったのか、私と夕子は並んで座り、夕子は私の肩に体を寄せかけていた。シャネルの五番か、あれはマリリン・モンローだったかな、と私の想いがひろがり、瞼にふとこんな情景が浮かび上がった……月の明かりと森の泉と、水に浮かぶ二つの白桃。とそのとき、庭のどこからか九官鳥らしい鳥のけたたましい鳴き声が聞こえた。

「あの九官鳥、特殊の言語を話すんだね」

「あれ鳥なんです。言葉は同じなのに周波数がだいぶ高いんです」

夕子はグラスに手を伸ばし、それを一度頬に当て、ゆっくりと口に運んだ。淡いトパーズの明かりがその横顔を照らし、女のおとがいの上で明滅しているように見えた。

鳥の鳴き声がいっそうかまびすしくなった。

「何か僕の悪口をいってるな」

「わかります？　あの子、初めてのお客さんにはいつもああなんです」

「知りたいな。翻訳してください」

「怒らない？　怒らないでね。それじゃ忠実に訳します。あなた、汲み取り便所の中のトランペット吹きですって」

「パッパラパー」と私は音を吹きだし、庭の方へグラスをかかげた。「九ちゃんに乾杯」

九官鳥でもないのに九ちゃんと呼ばれ、鳥はますます怒りをあらわにした。

「円形脱毛症に降る酸性雨ですって。あなたのことですよ」

私は頭のてっぺんに指で丸の字を作った。こんな愉快な気持ちになったのは何年ぶりだろう。

「百円ネクタイの年じゅう一本主義ともいってるわ」

夕子は笑いながら「その百円とやらをはずしちゃいましょ」とネクタイをゆるめにかかった。

鳥は半狂乱となり、そこで夕子が庭の方に向かって命令を発した。

「あなた、おしっこして早く寝なさい」

とたんに外はしーんとなり、ネクタイのうえの夕子の手が活発になった。

「上へ行きましょうか。よろしかったら」

私は夕子の手を軽く押さえ、こう答えた。

「時間が許すのならまだこうしていたいな」

「時間は気にしないでいいです。それじゃ、どこかに飲みに行きましょう」

「外に出るの？」

「いいえ、ここの照明を変えるだけです」

夕子はテレビのリモコンに似た器具を持ってきてボタンを押した。すると壁の燭台の灯が消え、天井から間接照明がひろがった。

「何か注文を出してください。大石内蔵助が通った一力茶屋に行ってくれ、とかね」

「それは面白い」と私は即座に提案に乗り、三十分ほどの間を置いて三つの注文を出した。

「まず一番に、柿食へば鐘が鳴るなり法隆寺の境内へ」

「わたしの修学旅行、雨模様でした。ゴーン、ゴーン、ゴーン」

鐘の音が遠のくと、照度が落とされ薄墨のかかった柿色になった。

「次はトム・ソーヤーがベッキーという子と初めてキスをした放課後の教室へ」

「ひゃー難しい。だってわたしにはそんな思い出ありませんもの。それは淡いピンク？　黄をおびたミルク色？」

夕子はボタンを押しては首を傾げ、結局淡い若草色にした。

「急ぎ、湯島まで行ってくれ。天神下の待合に白秋と人妻がいる。追っ手が到着する前に僕は二人を逃してやらねばならぬ」

「白秋はこの期に及んでも歌を産む苦しみにうめいています。ああ、生涯に一度しかない夜の果ての朝の匂い……それはどんな色？」

照明は青の濃淡を漂いながら、初冬の朝を想わせる水色に落ち着いた。

やがて私たちは、どちらともなくというふうに立ち上がった。どうして揺れているのか、揺れている私は夕子に手を取られ一段一段韻を踏むように階段を上がっていった。

「君かへす朝の敷石さくさくと雪よ林檎の香のごとく降れ」

白秋を口ずさみながら、私はそこに、カトリックの寄宿舎のような簡素な部屋を見出した。飾りのないスティールのベッド、子供用の勉強机、それとセットになったような電気スタンド、文庫本が横積みにされた本箱など。

夕子はベッドに私を座らせ、その指で私の瞼をひとつひとつ閉じ、私のまとった夾雑物をすべて、風の使者のように取り去った。そして、自分も裸になって私のかたわらにきて、額を私の鎖骨の辺にこすりつけた。

女の体のあたたかさとともに、林檎の酸っぱい匂い、雪をかぶった紅玉の純なかおりが立ちのぼった。

私は夕子の肩を抱き寄せ、くちびるにキスをしようとした。夕子の瞼は閉じられ、くちびるは何かの歌を小声で歌うようにひらかれていた。

けれども、すんでのところで私は自制した。娼婦にとって、くちびるは貞操であり、客がそれに触れることはルール違反であると、その道の先輩に教えられたことがある。

「ありがとう。でもいつかは……あなたと……」

そんなことを洩らしながら夕子は押したおすように私をベッドに寝かせた。

「あなた、何もなさらないで。ふわっとしていてください」

指が舳先を立てて、私の汚れた島々をめぐっていた。耳たぶ、おとがい、鳩尾、脇腹……。また、耳たぶ、おとがい、鳩尾、脇腹……。三周目、指は岬に錨を下ろし、その間くちびるがパンフルートを奏でていた。

しだいしだいに夢うつつとなり、時間は過去へ過去へと動きだし、耳たぶの雑音、鳩尾の灰色トカゲ、背中を吹く木枯しは消え、休火山であった私は輝く太陽に向かって活き活きとよみがえった。

島からの帰りは、むろんゴーグルをかけさせられた。私はムロウジ女史のかすかな体温を感じつつ赤子のように眠り、目が覚めたのは自宅につく五分ほど前だった。

2．ダミーの叛乱に温泉療法

その男に会ったのは、それが二度目だった。五年近く前、銀座のクラブでのことである。この男、矢島進吾はそのときはもう人気歌手になっていたが、さらに十年を遡れば歌の技量は私のほうが上だったろう。農協主催の歌謡コンクールで裕次郎の「北の旅人」を歌い矢島は二位、井上陽水の「いっそセレナーデ」を歌った私は優勝し十万円を手にしたのだから。

演歌の苦手なピアニストを辟易させながら矢島は五曲を歌いまくり、戻ってきた。ボックス席で私と矢島は背中合わせ、私の声がいやでも届く距離にあって、持ち前のいたずら心がむくむくと頭をもたげた。

「いやあうまいな、玄人はだしやで」

「小節がちょっとききすぎとったな、くしゃみが出そうになった」

「Cマイナーは歌わんほうがええな」

「農協大会に出たら二位はいけまっせ」

やれやれ農協云々は断じていうべきじゃなかったのに、つい口が滑ってしまったのだ。矢島君すまない、言い過ぎたなと思ったときはすでに遅く、私に密着していた二人のホステスは遁走し、私は屈強な男三人の下敷きになっていた。私はもがきながら喚きたてた。

「おれだっぺ、おれだっちゃ。いっそセレナーデ、いっそセレナーデ」

男どもが私の上から立ち退くと、私はすぐに無礼を謝り、矢島は三人の取り巻きが私をぺちゃんこにした詫びにドンペリのロゼをご馳走してくれた。

それから三か月後の深夜、矢島のマネージャーが電話をかけてきた。あの夜私の上に乗っかった巨漢はあんたか、と確認してから話を聞くと、矢島が飲酒運転をして電柱にぶつかり、いま青山署で聴取を受けているという。

矢島進吾は何という運のいい男だろう。その昔歌謡コンクールで私に負けたことで厄が全部落ちたようで、その成果が銀座のクラブで私と出会う形であらわれたのだ。

私は森田代議士の秘書はやめたものの、時々裏仕事を頼まれることがあり、仕事が成功すれば歩合をもらう取り決めになっていた。代議士は私に秘書の名刺を使用することを許し、歩合の率は代議士のその日の機嫌で決められ、私は文句をいわなかった。

私の名刺には秘書の肩書きに加えてこう印刷されていた。「困ったこと、悲しいこと、何でも相談してください。すぐに駆けつけます」

矢島の運のよさは事故の場所にはっきりとあらわれていた。そこは青山署の管内であり、署の交通捜査の課長は私の飲み友達なのだ。二か月に一度、課長と三軒ほど梯子をする飲み代は私持ちで、よろず相談業の必要経費でもあるわけだ。私にはこういう友人が二十人ばかりいて生計を支えてくれている。

私は早速課長の携帯に電話を入れた。概略を伝え、すぐに署に行くからあんたも来てくれといいうと、「それはダメだ、この時間に代議士秘書に署をうろちょろされるとかえって面倒になる」と答え、うーんと唸り、また唸った。

「課長、あんた紅孔雀のキャシーと一緒じゃないのかい。どうも臭うぞ」

「ち、ちがうったら、ちがいますよ」

「今日の夜勤は誰だい？　ひょっとすると山村君？」

「うーん、まあ、これは業務上の秘密だからね」

「そうか山村君か。彼とはこないだ飲んだから、ツーカーだわ。それじゃ課長、ゆっくり楽しみなさい。私はすぐ署に行くからね」

「瀧川さん、わかったわかった、わかりましたって。こちらで何とかするから署には来ないでくれ」

「そうか、それじゃおまかせいたします。でも課長、無理はしないでくださいよ。このご時勢に事故をもみ消そうなんて、どだい無茶な話なんだから」

それじゃ明日六時「浜村」で、と私は電話を切り、矢島のマネージャーには警察の超大物、総監人事を動かすほどの人物に依頼したと連絡しておいた。

この件は被害者が六本木の電柱だったこともあってか矢島は処分されず、マスコミにも洩れず、その祝いのために買ったのか舞台衣装なのか、純白のスーツを着て本人が礼に来た。金の封筒を差し出そうとするのを私は押しとどめ押し返し、「たっての願いがある。ある男の作詞をあなたが歌ってほしい」と頭を下げた。

矢島進吾が私のダミー大月のぼるの作詞になる「野良猫ジョー」を歌うことになった経緯は右のとおりである。この歌は私の処女作であり、大月のぼるの処女作でもある。一番だけ紹介しよう。

あの日から丘の灯消えて
黒髪は夜をさすらう
なにゆえにわが帆は還る
だれゆえに　空っぽ波止場
待つはただ野良猫のジョー

梓川マユはシャンソンとポップスと演歌を足して三で割ったような歌を唄う。そのマユが所属するプロダクションが税務調査を受け森田代議士に泣きついてきた。この分野は森田のもっとも得意とするところである。得意といっても代議士自身は所轄の署長なり局長なりに一度会いに行くだけで、金額の小さな案件は電話で済ましてしまう。そしてあとは私が、いかに熱心に国税庁と交渉したかを依頼者に報告する役となる。

国税という役所はいわれるほど無慈悲ではなく、少しは食べていく余地を残してくれるのである。この裁量の部分が政治家の関与によって大きくなるかは疑問であるが、だからこそ宣伝が大事なのだ。政治家が圧力をかけたと宣伝することで依頼者は裁量の部分が政治家の功績だと勘違いして謝礼を持ってくるのだ。

マユのプロダクションの社長もこの勘違いによって代議士に謝礼を払い、私にも金包みを渡そうとした。私は包みを押しとどめ押し返し、「たっての願いがあります」と頭を下げた。梓川マユと一度デートをするというのがその願いであった。マユと会ってイメージをつかみ、マユの歌を作りたいと考えたのである。

マユの社長は、慇懃な拒否、涙ぐんでの説得、天を仰いでの溜息と試みたけれど甲斐なく、私の軍門に下ったのだった。ただし、目立つ場所で会わないこと、絶対に絶対に手を出さないと約束してくださいと社長は条件をつけた。

デートの当日の朝、私は考えた。私がマユに手を出さなくてもマユが私に手を出すことだってあるのではないか、と。そんな風に考えだすと、いまにもマユが迫ってきそうな気がした。私は自分が楽天的なのか悲観的なのかわからなくなった。

それで私は遠回りして九品仏により、今古堂キンちゃんに相談することにした。

「この顔、女にもてないように作り変えられない？」

懐中時計を取り壊し中の、胡麻塩頭、丸眼鏡のキンちゃんは一瞬手をとめ、しかし顔も見ないでこういった。

「下手にいじくらないほうがいいよ。いじくって女にもてるようになったら大変だ」

いいながらもキンちゃんはマジックペンを持ってきて、私の鼻の下になにやら細工した。

「鏡、鏡、鏡はどこだ」私がいうと、キンちゃんは「あそこ、高級ソープの払い下げ」と右の奥を指さした。

「キンちゃん、これソープの鏡というけど、ちっともソープ嬢が映ってないじゃないの。ソープ嬢はいつ鏡に来てくれるの」

見ると鼻の下にコールマンひげが描かれている。

「キンちゃん、五〇年代の映画雑誌はどこ？」

キンちゃんは、私より九つ年上とは思えぬフットワークで奥の方へと駆けていった。鰻の寝床のように長いこの店には、テポドン以外なら何でもあるのだ。

私は店主が持ってきた「スクリーン」と鏡を交互に見ながらつぶやいた。

「このひげにかかっちゃモンローもエヴァ・ガードナーもいちころだろうな。しかし、クラーク・ゲーブルがもう十年若かったら、おれのひげに対抗できたろうに」

キンちゃんはニコリともせず、また鼻の下に接近し、異常な熱心さでなにやら改修を施し、終わったときは少年の目になっていた。

「何じゃこりゃ、おいキンちゃん、おれはサルバドール・ダリか」

今度のひげは左右ともてっぺんがくるくる巻いていて、目が回りそうだ。

「なあキンちゃん、相手がこれを見て失神したら、そのあと好きにしていいのかい」

いいながら私はキンちゃんの黒縁丸眼鏡に目をとめた。これこそ新大陸発見である。これこそ女除けに格好の小道具である。私はそう確信し、借用を申し出た。

「ダメダメ」

キンちゃんは手を振り、眼鏡をはずしてみせた。私はそれをひったくり、自分の鼻にかけてみてびっくりした。右のレンズは素通しで、左がド近眼なのである。

「知らなかったなあ。そんな目でよく日銀の金庫が開けられたもんだ」

「おいおい、来年の話はまだ早いぜ。しかし、この今古堂に不可能という字は存在しない」

いってからキンちゃんは怪訝な顔をした。

「いま、俺何ていった？」

「今古堂に不可能という字は存在しない」

「それだ、それだ。こうしよう」

いうが早いか、丸眼鏡の左レンズがはずされキンちゃんの手中に落ちた。

「さあ、これをかけてゆけ。女との不成功を祈る」

いくら何でも片方素通しの眼鏡なんかと思ったけれど、私はそれをポケットに入れた。男の友情と見てくれのどちらを取るかといわれれば、キンちゃんの手前前者を選ばざるをえない。

私は横須賀線を鎌倉で降りて西口商店街を抜け、少し先の小橋を右に折れたところで借用の眼鏡をかけた。大きな竹垣の家が目印で、向かいの路地の奥にその店がある。白木のすっきりした冠木門、その両側に黄櫨《はぜ》の木が立ち、秋口のやわらかな光をまといかすかに揺れていた。こんな早い時刻に女とデートすることに眼鏡をかけたことが加わって、私はなぜか無性にうれしくなった。

この店は離れ屋を改築したもので、弓形のカウンターに僧籍を持つおやじ一人がいて料理から接客までをこなしている。

店に入るなり、「おや」と私の顔を覗き込んだ。

「これは驚いた。女性とデートやね」

レンズ抜きの変な眼鏡だけで見抜いたのだから、この坊主、大した眼力である。

「精力がつくものを頼む」

「山羊の血の煮こごりがあるよ」

私は手を振って断った。

五時きっかりに、すっぴんキラキラ、朝のゆで卵のように初々しい娘が入ってきた。

「おー、ラッキョウ」と私は思わず呼びかけそうになった。大学の広告研究会へ、つるんとして目鼻の涼しい子が入ってきたあの春の日を思い出したのだ。私はその子をラッキョウと呼び、ラッキョウは私を兄貴と呼ぶようになったが、兄貴と呼ばれてはもう手も足も出せなかった。

娘は手にした紙片とただ一人の客とを見比べながら「あのう、瀧川先生ですか」といった。

私は答えた。「僕は瀧川ではありますが、先生ではありません。で、あなたはほんとうに梓川マユ？」

娘はうなずき、同時に否定した。

「今日は梓川マユではありません。白川水澄としてまいりました」

「ヘエー、それはどういうこと」

「社長の命令です。今日一日は勤勉な学生時代に戻れ、と」

「社長は君の学生時代を知ってるの？」

「知りません。ぜーんぜん」

「命令はそれだけ？」

「男の目を見て話をするな。見るときは、澄んだ海にも魚雷があると思え」

「僕の目には魚のかなしみがあるだけだ。それでほかには？」

「愛について語るなら神の愛を語れ」

「ここのおやじは仏の慈悲も女も語る」

「先生、先生と連呼せよ、限りなき尊敬の念をこめて」

「僕はね、先生なんかじゃないよ。でも一度、その連呼というのをやってほしいな」

娘は目をつむり呼吸を整え、ゆっくりと淡いピンクの靄状のものを紡ぎだした。

「せんせ、せんせ、せんせ」

私は中学教師が間違いをおかすのがわかるような気がした。

おやじが怒ったような顔で若布の酢味噌と胡麻豆腐を出し、「飲み物は」と訊ねた。私はとりあえずビールをたのみ、私もマユも一杯目を一気に飲み干した。

「酒は乾杯の一杯だけ。これも社長命令です」

「でも、君はげんにグラスを持って二杯目を受けている」

「校則は破られるためにある、と高校の校長先生に教わりました」

マユは二杯目も一気に空にした。この子の肺活量は相当なものだ。

「ほんとうは校長先生こういったんです。白川水澄の場合、校則は破られるためにあるって。私立の女子校だったんですけど、わたしなぜ卒業できたのかしら」

サヨリの一夜干しとニガウリのおひたしが出た。おやじは相変わらずぶすっとしていて、冷酒をたのむと「猪口はいくつ」などという。私とマユが同時に二本の指を上げたらじつに口惜しそうな顔をした。

「わたし、雨の日はたいていお休みしてました。親もそのうち諦めてしまったんです」

「君の故郷、屋久島じゃなかろうね。あそこだったら永遠に卒業できないもんね」

「雨、とても好きです。先生は好きですか」

「雨は好きだ。とくに初めてのデートで途中から降る雨が。ところで校則破りというけど、スカートを短くしたとか髪を茶に染めたとか?」

いいながら私は初めて気がついた。梓川マユは黒髪である。やわらかな黒髪に縁取られ、取りたての果実が微笑している。

「たいしたことないんです。ジャズレコードのある喫茶店に放課後よく立ち寄っただけです」

「駅のトイレで私服に着替えてからね」

「いいえ制服のままです。ちゃんと制服着てるのにどうして叱られなきゃならないの」

「校長先生はきっと君の制服姿を他の大人に見せたくなかったんだな」

ビーフステーキと水菜のサラダが運ばれてきた。ここのビーフは大豆である。目をつむり霜降りを思い浮かべると味は自ずから松阪牛となる、とおやじが能書きを垂れた。

「三年の文化祭に防衛大生だった兄が来てくれました。わたし、兄と腕を組んで学校を一巡しました」

「校長が君を呼んで、あの人とはどういう関係、どこで知り合ったの、って」

「恋人です。こころの恋人です。それがいけないのですか、校長先生。文化祭の二日目は弟が来ました。コンサートでわたしフォーレとメンデルスゾーンを歌ったんです。拍手がやんで、打ち合わせどおり弟が叫びました。アンコール、アンコール。ピアノ伴奏の子は目を白黒させてました。頭が固くて即興がきかないんです。で、わたし、ア・カペラで歌いだしたんです。ビリー・ホリデーを」

「アイムアフールトウウォンチュウ……」

「わおー、先生もコンサートに来てたんですね」

こんな話をしてる間に客がひと組、ふた組と来てそして帰り、いつの間にかまた私たちだけとなった。空瓶を振ってから酒が来るまでの間隔が次第に長くなり、ようやく何本目かが露骨にゆっくりとあらわれた。

それを手に取り私に注ごうとして、マユは手を止めた。

「先生、眼鏡がおかしいよ。左のレンズがはずれちゃってます」

私は眼鏡に指をあて、爪で弾く仕種をした。

「ちゃんとついてるよ、左のレンズ」

「うそ」

マユは手を伸ばし、人指し指を眼鏡の中へ侵入させた。

「やっぱり空っぽだ」

私は眼鏡をはずし、灯に透かしてみせた。

「ほら、この透明の眼鏡、不思議な効能があってね、これをかけていると人を好きにならなくてすむのさ」

「ほんと、貸して貸して」

マユは眼鏡をひったくり、それをかけて私の方に接近してきた。

「わあ、素敵な眼鏡だ、先生がハンサムに見える……でも先生、これをかけるとひとが好きになりそうだ、すっごくひとが……」

私はのけぞりながらマユに命令した。

「それでは白川水澄君、アンコールにあれを歌いなさい、ビリー・ホリデーを」

アイムアフールトウウォンチュウ　アイムアフールトウウォンチュウ
トウウォントゥアラブザットキャントビートゥルー

歌いおわり、涙に濡れた眼鏡をハンカチで拭きながら、ささやくように水澄はいった。

「先生、化粧してきます。いいですよね」

「うん」といおうとしたそのとき、私のプロ意識が目を覚ました。プロダクション社長との約束は断じて守らねばならぬ。裏の世界を歩むものにとって信用だけが財産なのだ。

私はマユを手で制し、立ち上がった。

「今日は白川水澄のままで終わってください。そろそろ帰りましょう」

私とマユは、がらがらの横須賀線の普通車に乗り、四人掛けに足を投げ出し肩寄せ合ってぐっすり眠り、新橋駅でお別れをした。

梓川マユが歌いヒットした「ＫＹＯＴＯオンディーヌ」は私の作詞であるが、むろんマユはそれを知る由もない。

白川に　簪沈め
あの街を　あとにしたけど
かにかくに
水音恋し　映る灯恋し
揺れ揺れる
わたしはＫＹＯＴＯオンディーヌ

この歌の表向きの作詞者は大月のぼるである。前にも触れたように自分が作詞家として知れると裏仕事に差し支えるから替え玉が必要だった。そこでのぼるをそれに仕立てたわけだが、当時彼は議員秘書を失業していて一も二もなくこの話に乗ってきた。私としても、私大文学部卒で大雑把な文学知識はあるものの文才のなさそうなこの人物こそ安全に使えると判断したのであった。

その彼が印税の分け前を上げてくれと、このところうるさくいってくる。印税収入から税を引いた残りを私が六、のぼるが四で分けていたのを、改めて比率を協議しようと面会を求めてくる。私は堪忍袋の緒が切れた。男と男が交わした誓い、破るときには命を捨てろ、と下手な歌詞が頭に浮かんだ。そこで私は九品仏に車を飛ばし、今古堂キンちゃんに「ちょいと生意気な女を懲らしめてやりたいんだ」と相談を持ちかけた。キンちゃんは女云々はてんから信じなかったものの、そこはアイデアマンだから私が飛びつくような案を出し、仕掛けまで作ってくれた。

私はその仕掛けを持って温泉で対決することにした。大月のぼるは名の知れた作詞家だから電車はグリーン、宿は一人一泊五万円を予約した。男の大舞台だから、あまりしみったれてもいられない。

相手は電車に乗るなりシートを倒し、発車間もなく大口開けて寝込んでしまった。

喧嘩相手を失い私はやることがない。のぼるの顔をつらつら見ていると、自然に闘志が失せてゆく。丸顔のおかっぱ頭がツィードのジャケットを着、ニッカボッカーズを履いている。腹話術の人形が七五三詣りに行くとこんな恰好になる。

やがて電車は藤沢駅を過ぎ、景色が広くなった。海の近さを思わせる明るい空に、軽い雲、ふわふわの雲、自由の雲。

そのときふいにのぼるが跳ね上がり、前方へつんのめった。私の手が隣のシートを二段飛びに起立させたのである。

「のぼるよ、あの雲をごらん」と私は空を指さした。「あれは何色？」

「し、白でしょ……白じゃないですか」

「白かなあ、そうかなあ。そうすると、あんたは悲しい？」

「……」

「小諸なる古城のほとり、雲白く遊子悲しむ、と藤村は詠んでいる。遊子は旅人だろうから、雲が白いとあんたは悲しいということになりはしないかね」

「慶さん、そんなことより早く大事な話をやりましょう」

「あの雲、あの浮雲の影にこそ光がある。獏の瞳に宿るようなやわらかな光がね」

「……」

「山村暮鳥の雲の詩を知ってるかい？」

「知りません。一面の菜の花ぐらいしか」

「おうい雲よ、ゆうゆうと、馬鹿にのんきさうじゃないか、どこまでゆくんだ……っていうやつだよ」

「今日はそんな悠長な旅じゃないでしょう」

「虹の裏側は何色だろう？」

「知りませんよ、そんなこと」

「虹の裏側は白だろうか、ピンクだろうか、やはり虹色だろうか。いや、俺にはそれが透明に近い異邦人の目の色に思えるんだがな」

のぼるが赤いポシェットから銀色の水筒を取り出し私に差し出した。中身はウイスキーのようである。一瞬のうちに私がそれを払いのけると、蓋を開けて飲もうとしたが、また蓋をした。

「のぼるよ、雲の声を聞いたことがあるかい？」

「まあ、雷のゴロゴロとかならね」

「春の夕方、おぼろな光をまとってゆっくりと流れる雲を想像してくれよ。何か聞こえるだろう」

「いやべつに何も。それより印税の件を……」

「そうか、あんたには聞こえないかね。病気の子が吹くハモニカの懐かしい調べが」

湯河原駅に定刻に着き、迎えのリムジンで谷川の上流にある宿に運ばれ、のぼるはすぐに風呂へ行った。平日であり、国の経済が悪いから高級旅館はひっそり閑として風の音もしない。私もひと風呂浴びたいところだが、キンちゃんと合作のシナリオには朝まで待てと書いてある。

やがて仲居さんが漆塗りのお膳を運んできた。その上には和紙に書かれた献立のほかに短冊が乗っていた。仲居さんに訊ねると、おかみがさっき作った短歌だという。私は手に取り、首を上下して三度読み返した。

「きみ想ふ丘の夕暮一茎の金蘭摘みて出湯の街へ」

私は短冊をのぼるに渡し、鑑賞する時間を二分ほど見てから質問した。

「大月先生、その歌、何かおかしいと思いませんか」

「さあ、どこが、ですか」

「だいいち女が『出湯の町へ』と歌うのは倒錯だぜ。女が男を求めて出湯の街へ行くなんてこと歌の世界じゃあってはならないことだ。名作『湯の町エレジー』で君をたずねてさまようのは、よそ者のおとこじゃないか。それにおかみが自分の店に帰るのに『出湯の町へ』はないだろう。ナポリの市長が、ナポリを見てから死にたいなどというだろうか」

ひと蘊蓄傾けていると、芸者が二人はいってきた。一人は小柄ながらグラマーな若い妓で、「大月先生ですね」とのぼるの横に座り、もう一人の年配芸者が私の方に回った。

ゴーストライターの悲哀とはこういうことかと私は盃を重ね、のぼるは調子に乗って「オンディーヌというのは水の精でね、人間の男に幻滅して水の世界に帰るのさ」などと講釈している。しばらくするとのぼるは隣の芸者に空のグラスを渡し、水を持ってこさせた。そしてそれに黒いハンカチをかぶせ、さっと取った。するとグラスの中に造花のバラが一輪現れ、のぼるはそれを差し上げながら「おおオンディーヌ」と女形のような黄色い声を出した。その手際はなかなかのもので、芸者の目がとろんとなった。

私は、私の横にでんと尻を据えた、花奴という名の年増に話しかけた。

「あなたはこの世で何が一番好き」

「色の事」

「二番目は」

「色の事」
「その次は」
「三、四がなくて五がピンポン」
「それそれ、それをやりに行こう」
花奴は「いやよ、一、二番の事がしたい」と尻を揺すったが、さらに押すと連絡を取りに行った。

作詞家大月先生と妹芸者を残し、私と花奴は宿を出て谷沿いの道を下っていった。寝ぼけたような街灯のほか何の明かりもない道を女に腕をとられて歩いているのである。たぶん表面的には浮き浮きしているようにも見えるこの姿をあの世の妻が見たらどういうだろう。元家具屋の作業所へ卓球をしに行くところだと説明して、納得を得られるだろうか。

その作業所は六十ワットの裸電球が二個吊るされていて、その照明の下、お互い山なりの球を打って小一時間ラリーした。再会を約して花奴と別れ宿にもどったら、のぼるはおらずご帰還は明け方近かった。

翌朝、彼がタオルを持って部屋を出ると、少しの間をおき私も部屋を出た。そして相手が湯から出て洗い始める瞬間をとらえようと脱衣所で浴槽を監視した。

その瞬間が来た。私はのぼるの後ろに立ち、両手で肩を押さえた。背中を流させてもらうよというと、「そんな勿体ない」と抗ったが、私は拇指に力をこめ肩甲骨へ喰い込ませた。

「大事な話、しようじゃないか。六、四だか、四、六だかのな」

背中をこすりこすりするうちにタオルの石鹸は無くなり皮膚の湿り気はとれ、乾布摩擦の塩梅になってきた。

「あの人の背中は百回以上流したな。一回に、そう、二十分はかかったなあ。岩盤みたいにゴツい背中で、もっと力を入れろ、気合が足らねえ、背中を憎め、永平寺の廊下と思え、とかいわれてな」

「あのう、大事な話に入ってください」

「五分もこすってると、なんともいえぬ臭気が立ってくる。ねっとりとした汗、アルコール、麻薬、運河のヘドロ……いやその臭いこと臭いこと」

「慶さん……その人、誰なんです？」

「名にし負うヤクザの大親分よ」

「慶さん、その人とどんな関係なんです」

「男と男、ただそれだけよ。修業のために背中流しをやらせてもらったが、そのうち背中の刺青にも表情があるのに気がついた。喜、怒、哀、楽、孤独、哀愁、などだが、中でも凄まじいのは子分が義理を欠いたときの怒りの形相でよ、口は火を噴き、眼球は飛び出し、胴体はのたくり狂うのさ」

私はのぼるの両脇に手を差し込みぐいと立ち上がらせると同時に体を押しのけて、自分が洗い椅子に腰かけた。

「さあ今度はお前さんが背中を流すんだ」

いまのぼるの視野の中で、一匹の龍が怒り狂い真赤な炎を吐いてのたくっているはずだ。昨日今古堂キンちゃんが撮影所の特殊絵具を使い半日がかりで描いてくれた刺青である。

「のぼるよ、ようく見ておきな。男と男の約束を反古にすることがどんなことか。俺はこころは寛いが背中はそうはいかねえ。ようくようく見ておくんだな」

私はそう言い捨て、呆然と立ちすくんでいるのぼるを押しやってざんぶりと湯船に飛び込んだ。

この湯河原行は五月半ばのことで、二度目にあの島を訪ねたのはそれから二週間後であった。島に着くと、海坊主は前回と同じ手順で煙管までを行い、しまいに「魔笛」の「おれは鳥刺し」を歌った。百キロ超級の体を軽やかに揺する振動が理容椅子に伝わり、ほどもなく私は眠りに落ちた。

瞼の中で小さなリボンのような花が揺れ、チェロの余韻のような音が聞こえた。

私は一度目と同じ海辺のベンチに座っていた。頭上には藤棚があり、その花の波のここかしこに蜜蜂が群がり、物憂い弦楽を奏でているのだ。

目を転ずると、三方の山と林と草地には緑が充満し、その濃淡の色合いで頭の奥まで染められそうな気がした。

今日は犬の迎えがないようなので、見切り発車することにした。島のメインストリートは一本道だから迷うことはないだろうと歩きだすと、やがて当のカフカが坂の上に現れた。ピンクの鼻をくんくんさせながら下りてきて、私の十メートル手前で立ちどまった。そこには柳の大木があり、犬はおもむろに片足を上げ、私に向かってあごをしゃくった。こちらを見るなということらしい。私は顔を横に向け、数秒後に時期尚早と思いながら「もういいかい」と声をかけた。するとカフカは「まあだだよ」と消え入りそうな声で答え、「あんた、早く着きすぎだよ」とこれは大声で文句をいった。

「じゃあ、商店街でも案内してもらおうか」

「ああ、そうしよう」

今日のカフカは木蔭で何度も足をとめ、峠に着くとわざとらしく喉をゼイゼイいわせた。

「喉がカラッカラだよ」

「同感だ。だけどまだ日が高い」

湾は凪いでおだやかな青をひろげ、若葉に蔽われた町は点在する家の屋根が小粒な砂糖菓子のように可憐に見えた。

棕櫚並木の舗装路を下り、山からの早瀬を左に見て白い木橋を渡ると商店街だった。

ここは首都のホテルのショッピングフロアー、横浜元町と見まがうほどの品揃えをし、どの店もロゴを掲げている。駱駝や海豹や縞馬たちが鍛鉄やカンバスなどの素材で工夫を凝らされている。それらを観賞し、店主の人柄を想像して歩くだけで小一時間はかかりそうだ。

やがて日が暮れはじめ店の灯が輝かしくなった。ちょうど全店を網羅し、出発点の酒屋の前まで来たとき、カフカがへたり込み「ヒィー、ヒィー」と臆面もなく悲痛な声を発した。

すると店の奥から若い娘が現れ、カフカの方に直行してきた。手にビールの缶とスープ皿を持ち、跳ぶようにスキップをして。

私はカモメの水兵さんを思い出した。白いセーラー服に短いスカート。それは幼稚園の学芸会とそっくり同じだったが、こちらは脚線が素晴しい。私は見るまいとして、二度、三度と見てしまった。

娘はカフカのピチャピチャに合わせて首を振り、飲み終わるまで素足の踵でリズムを取っていた。

「お待たせしました」
五、六歩を飛んできて、娘は直立し、水兵式敬礼をした。
「何を差し上げましょうか」

「フィンランドビール、ＡＭＩＲＡＡＬＩはありますか」

「商標がトウゴウ・ヘイハチロウ元帥ですね。もちろん置いてありますが、輸入してから七十年経っております」

「そうか、元帥も呆けておられるかもしれないな。じゃあ、カクテルを作ってもらおうか」

「はい、ご所望とあらば」

娘はすぐ奥へ行き、シェーカーほか一式を運んできた。その動作はよく訓練された兵士のように無駄がなかった。

「何を作りましょうか。ただし当店は二杯までです」

「あなたの一番得意なカクテルを」

「そんなのありません。ここは全部即興で作るのです。お客さんがこういう風に注文するのです。片目に眼鏡をかけた犬がミモザの下で真っ黄に染まって見る夢を、などと」

「マティーニもゴッドファーザーもあなたは作らないの？」

「そういうの、知りません」

娘は笑みを浮かべ、さあなんでも注文をという風に棚を指し、くるっと体を一回転させた。

「やわらかに海よりの雨ふりはじめ原色の街いつしか孤島。これ、カクテルに出来ますか」

「もちろんです。ベースはジンにしましょう。さびしさの果ての不思議な幸福感」

娘はジンに青色のリキュールを入れてシェーカーを凝視し、そのままシェークしないでグラスに注ぎ入れた。

「うまいね。だけど、味が記憶に残らないな」

「カクテルは後に残ってはいけません。もう一杯いかがです」

「それじゃ、これでいこう。もどり船乗るひとも無くただ花と言の葉らしき風の一聯」

「ベースはドライ・ベルモット。氷とオリーブで孤独のアクセントをつけ、それに寡黙がちなジンも」

私は飲んでみて頓狂な声を上げた。

「これ、マティーニじゃないの。正真正銘の」

「お国ではそういうんですね。きっとここより小さな島なんでしょうね」

私は、たぶんそうだろうと答え、二杯目を飲み干した。

「また近いうちにね」と娘に手を振って店を出ると、表でカフカが婦人警官に捕まっていた。カーキ色の制服が均整の取れた大柄な体によく似合い、古いアメリカ映画でよく見かける気の強いくせにセクシーな女兵士のようだった。

「俺はそんなことはしてねぇよ」

カフカのむきになった様子を見て、「どうしたんだ」と訊ねると婦人警官がそれを引き取った。

「さっき坂下の柳の木におしっこの臭いがしたので、心当たりはないかと質問したのです」

「俺はこの客人を案内していたんだ。客人の面前でそんな無礼なこと、出来るわけがないだろう。ねぇ瀧川さん」

「彼のいうとおりです、お巡りさん。もっとも、私とカフカはもう友達同士といったほうがいいかな」

「カフカ、あなた友達と一緒なら平気でおしっこするんじゃないの」

「あのね。瀧川さんはあんたをからかってるんだよ。あんた、美人だからな。それより、飲んだくれの元校長をどうして捕まえないんだ」

「あの人、何も悪いことしていません」

「だけどマッチを持ってたぜ。俺にも見せたもんな」

「マッチを持ってたって、放火でもしない限り、捕まえられないわ」

「あのマッチにはウタマロの絵が貼り付けてあるんだ」

「ウタマロって?」

「ウタマロを知らないのかい。あんたもあの絵を見たらウタマロが好きになるよ。なにしろウタマロ・サイズだからな」

「ねぇカフカ、それって何のこと？」

「教えてやるから耳をおれの口にくっつけなよ」

「カフカ」

私は大声でカフカを一喝し、やにわに話題を変える質問を警官に発した。

「ここの道路はところどころ交差点じゃないのに一時停止の標識があるのは何故ですか」

警官は、くだらない質問ねという顔で答えた。

「標識1はハリ治療院の前です。あそこで車を止めると、人は必ず体のどこかにコリがあることに気づくのです」

「標識2はたしかカトリック教会でしたね」

「そうです。あなたとカフカは直ちにあそこに行き、山ほど告解をし、たくさん献金を捧げなさい」

「は、はい、近いうちに」

私は後じさりしながら答え、一礼して警官に別れを告げた。

谷川沿いの道を上り三筋目を左へ折れると夕子の住まいらしい家のアーチが見え、青い薄明かりの中にぼうっと黄の半円が浮かび上がった。「かぐわしきこの夕に、ようこそ」と歌っているような黄の薔薇のアーチ。それを光背に夕子らしい女が合掌するように胸元で手を合わせ佇んでいた。

ここで私は眠りから覚め、前回と同じ部屋の安楽椅子にいる自分を見出した。訪問が延び延びになった疚しさを少々感じながら庭を眺めていると、夕子が足音も立てずに来て、煎茶とお絞りをテーブルに置いた。

「一度だけ愚痴をいわせてください。あなた、もっと早く来てくれると思ってました。わたし、とても愉しかったから……」

私は茶を一口啜り、弁解がましくいった。

「何か連絡の方法はないのかなあ」

「ありません。二人だけの暗号を月のクレーターに刻めたら別でしょうけどね」

「案外、伝書鳩でやれるかもしれないよ」

「ここは全てレーダーで監視されています。あなた、海すれすれに飛べる透明な鳩を作れます？」

「これからは一月に一度、必ず来るようにするよ」

「お仕事が立て込むことも、あるでしょ。だからそんな約束、してくれないほうがいい」

夕子は、怒ったような、そうでもないような目でしげしげと私を見つめ、ふーっとため息をついた。今日の彼女は白のブラウスに黒のボータイを結び、みひらかれた目に濡れて冷たいものが宿っていた。

その目がふとなごみ、悪戯っぽい、からかうような目つきになった。

「あなた、若い娘の夢を見たでしょう。顔に書いてあるわ」

「そういえば、カモメの水兵さんが短いスカートで現れたな」

「その子と何をして遊んだの」

「えーっと、そうそう、下手な歌を詠むとカクテルを作ってくれるんだ」

「その子、こんなことをいわなかった？　寡黙がちなキツツキとか、アブサンと日輪の結婚とか」

「そう、ちょっと気取ってね」

「何てセクシーな子なんだろうと、あなた、上から下までじろじろ見ましたね」

「潑溂とはしていたけどね」

「気に入った、すぐにまた来よう。あなたはそう思ったようだけど、いまから坊主にしてあげますわ。毛が伸びるまでその子の所へ行けないようにね」

「丸坊主とはうれしいね。だけどこの部屋には理容椅子がないな」

私は洗面所に引っ立てられた。それでも冗談だと思っていたが、夕子は丸椅子に私を座らせて首にタオルを巻き、唐草の大風呂敷で私の上体を包んだ。

夕子は熱いタオルを私の頭に乗せ、そのあと触れるか触れないぐらいの軽さで頭のマッサージを始めた。

そういえば妻が亡くなってからマッサージされるのは初めてである。妻のはもっと力を入れるやり方だったが、頭の中から瘴気が抜けて空っぽになってゆく心地よさは同じだった。ふたたび眠りに落ちるような、そんな感覚に身をゆだねているとふいに耳の裏で夕子の手がとまり、「湖が……」といったきり黙ってしまった。

「湖って、それがどうしたの」

「この辺に湖があるんです。感情の湖が……。あなたのは、きっと満々と水をたたえていると、わたし、想像してましたのに……」

「僕の湖、干上がったままなのか」

夕子は口をつぐみ、その手を私の肩に置いた。鏡を見ると、顔を伏せ、涙をこらえているようだった。

「ご免なさい……そんな……湖水が全部無くなるほどの……そんな悲しみがあるなんて、わたし知りませんでした……ご免なさい、余計なことをいいました」

少しして私は肩にある夕子の手を軽く叩いた。

「床屋の姉ちゃん、そろそろ散髪始めてや」

夕子は洗面台へ歩き、ざぶざぶと顔を洗い、タオルでごしごしと顔を拭った。そうして再生した夕子の顔と私の顔は鏡の中で笑い合った。

夕子は吊り戸棚から櫛と鋏を出し、鋏をシャカシャカと動かし、「絶好調」といって私の後ろに回った。

「美しい耳を隠さない程度にカットしときましょう」

不精に伸びた髪を櫛で整え、果断に鋏を入れるその手さばきは匠の技を見るようだった。

散髪が済むと、シャンプーは自分でやりなさいと夕子は命令し、それに従い洗髪、撫でつけをそそくさと終えた私を、死ぬほど待たせた後に酒肴を持って現れた。粉引きの大鉢に鰊と茄子の煮物、織部の器にズッキーニの酢の物、そして切子の小皿にはアボガドの上に大粒のキャビアがちりばめられていた。

酒はラインの白で、私たちはグラスを合わせ、それを一気に飲み干した。

と、そのとき上の方のどこかから、梓川マユの歌声が聞こえてきた。天からの声でもあるような澄明さをひびかせて。

「白川に簪沈め　あの街を　あとにしたけど　かにかくに」

私は、天田の所でもこれがいきなりかかった不思議を思った。そしてまた、思いがけなくここでも出会った不思議にいっそう神秘を感じた。私の目はきらりと輝いたかもしれない。

「ねぇ、慶さん、『かにかくに』って、どんな意味かしら」

夕子が身を乗り出すようにして訊ねるのを、ついうれしくなった私は、祇園情緒のあれこれを並べ、それがそこはかとなく悲しいということかなと述べた。「ああそうか、そうよね」と夕子はわが意を得たりというように大きくうなずいた。

いつの間にか私たちはソファを背に並んで坐り、二本目のワインを刻々征服しているのだった。

「カクテルの注文といえば、わたし、ある国の首都でバーテンダーをしていたことがあり、そのバーへ変な大学教授が来るんです」

「背がすらりと高くハンサムだった」

「当たりでござる。でも注文がこういう具合なの。夢二の黒猫の、あの目が黄から青に変わる一瞬のかわたれどきをカクテルに」

「そいつ、今日の酒屋の回し者か」

「その次は、モーツァルト自身、それ以降凌駕することを得なかったピアノコンチェルト九番を、あのアンダンチーノを、ですって」

「それはアインシュタインの言葉の受売りじゃないか。博士は繰り返しこの第二楽章を聴いたそうだ」

「わたし、あとで聴いてあまりの美しさに涙しました。でもそのときは知らないから当てずっぽうにホワイトラムにグレナディンシロップを混ぜチェリーを一個沈ませました」

「三流教授には勿体ないぐらいだ。たぶん三度目は君への邪心をむきつけにしてくるだろう」

「当たりでござる。レースのカーテンを裸身に巻いて海を見ている夜明けの僕らをカクテルに、ですって」

「この男の三枚舌はペラペラのカンナ屑で出来ていたと死後記録されるだろう」

「カーテンの中の裸身ってわたしのことよね、うれしいわとにっこりして、琥珀色に朱を少しにじませたのを作りました。ライ・ウイスキーにタバスコを一滴二滴」

「ヤッホー、ざまあ見ろ。やいエセ教授、舌を噛め」

「わたし傲慢でした。つくづくそう思います。何度か罰をうけました。罰の一つとして胸に痣をいただきました」

いいながら夕子はボータイを取ってブラウスのボタンを二つはずし、指を喉から鳩尾の少し上、胸の隆起のほうへとすべらせた。

そこにはたしかに痣らしき青色があるにはあった。けれど形状はほくろに近く、白磁の皿にビーズが一個という趣で、その可憐さに私は口をつけずにはいられなかった。

身を離し、二階へといおうとすると、夕子はまた話し出した。

「ある国の首都のナイトクラブに勤めていたことがあります。ある夜そこに有名な政治家が一人で来て、座るなり議員バッジをはずしたんです。そしてバッジを両手で揉むようにすると一輪のカトレアがあらわれ、それを胸ポケットにさしました。それから胸に手を置き悶えながらアモーレアモーレと唱えました。するとなんとカトレアが絹のハンカチにかわったのです」

「君はそのハンカチをプレゼントされたね。なかなか手強い男だ」

「彼はいいました。俺は大貧乏であんたに家や車は買ってやれないけど誠意は世界一持ってる男だ。俺にしてもらいたいことは何でもいってくれ」

「大貧乏で誠意のある男にいったい何が出来るだろう」

「わたし、お願いしました。テレビ討論会のとき、わたしにウインクしてほしいわって、すると彼は一時間ぶっ通しで右目のウインクをしてみせると豪語しました」

「公共の電波を一時間も使って求愛されたら落ちない女はいない」

「彼、翌週の討論会に右目に眼帯をつけて現れたわ。しかも途中で四、五秒眼帯をはずし紐の調節をするふりをして、そのあいだも右目はつぶってました」

「おのれコシャクなやつめ。してそなた次回の討論会に何を所望された？」

「わたしその店でリサといってました。それで今度の討論会ではわたしの名を呼んでほしいといいました。すると彼、同じやるなら詠嘆調にリーサと呼ぶことにしよう、ですって」

「右の眼帯にマジックでリーサと書いてきたって、それは認めないからな」

「彼はこう発言したわ、この点に関するわが党の政策はリーサナブルでありますが、野党のはアンリーサナブルじゃあーりませんか」

「あわれリサの貞操は風前の灯でござる。あとは聞きたくないが聞かずにおられようか」

「わたし崖ぷちに立たされると力が出ます。絶対これでいけると確信してこういいました。次の討論会ではこういう科白を挟んでください。『そんなこと僕ちゃん知らないもん』ていう科白」

「僕もリサの勝利を確信する。リサが勝ったら二階に行こう」

「彼はこう発言したわ。かつて革新党は非武装中立とかいって、こと防衛問題に関しては、そんなこと僕ちゃん知らないもんという態度でありました。もっとも革新党の個々の議員が本心からそう考えていたかと訊かれると、そんなこと僕ちゃん知らないもんと答えるほかありません」

私はがっくり肩を落とし、「もう生きていけない。二階で死ぬ」とつぶやいた。

「さあ肩につかまって」

私と夕子は死ぬにしては速い速度で二階へ上がって行った。

3．ゴンドラ漕ぎの淡い恋

世の作詞家がどういう作法で歌を作るのか私は知らない。

私は凡才であるから、詩句へと発光する霊感を感じたり、全き無の頭から詩の韻律が溢れ出したりすることなどありえない。白状すれば我が歌詞のほとんどは古今東西の詩歌を借用し、少々の調味料で通俗の味付けをし、それらしきタイトルをつけたに過ぎない。これは剽窃《ひょうせつ》であり、私は歌泥棒である。

「空に真っ赤な雲のいろ　玻璃に真っ赤な酒の色」

この白秋の詩を私は盗み、こう変えた。

「空《から》のグラスに夕日を透かし　右手さびしき茜色」

ヴェルレーヌの有名な「秋の日の　ヴィオロンの　ため息の」を私はこのように変えた。

「君の遺したチェロの絃　ボロンと切れて　雨　九月」

これはぜひ歌にしたいと思っても、ぜんぜん歯が立たないこともある。金子光晴の「おゝ　わが悲しい水の流浪よ　層の層よ　大きな潮の洞穴よ」は何度挑戦してもただ空しい波音を返されるばかりである。私は剽窃者としても三流のようであるが、その三流がさらに落ち込む一方の閉塞状況にあり、もう一年近く一作も仕上げていないのだ。

だがこんな停滞もあのときと比べたら優雅とさえいえるだろう。

実際、六年前のあのとき私は三百六十度生きる方位を失くし、死ぬことばかり考えていた。私にとって重い事件が三つ連続して起きたのだった。一つは森田代議士が私に確約していた政策秘書に有力後援者の息子を起用したことだ。その後援者から多額の金をつかまされたのか、私を裏方のまま使い捨てようとしたのかそれはどうあれ、私はもう裏仕事で手を汚すのは御免蒙りたいと思った。

私は事務所をやめ、その春の県議選に森田の地盤から無所属で立候補した。何がなんでもこれに当選し、県議二期目に衆院選に挑戦しようと目算を立て、急なことで貯えなどないから資金の大半を友人知人に借りてまかなった。

選挙は保守党、野党、無所属が壮絶な戦いを繰り広げ、私も妻も一日三時間も眠らなかったろう。結果はわずか数十票差で野党に敗れ、その十日後に妻は契約したばかりのアパートで炊事中に急死した。心筋梗塞だった。

私は夜通し妻の顔を見つめていた。選挙でこけた頬にふくらみがもどり、血の気がさす瞬間があった。そして、円らな目がみひらかれ、初めて会った夜の涙目とそのきらめきがあらわれ、快活な笑い声が弾ける、そんな瞬間があった。

私は生きねばならぬ、と思った。こうして君は僕のところによみがえったのだから。

しかし棺は閉じられ、私はひとりぼっちになった。

私は生きねばならない。しかし、誰のために？　何のために？　何をするために？

これに答えられるものは天にも地にもいるはずがなかった。絶対に絶対に。

あのとき私が死ななかったのは天の妻が怖かったからかもしれない。友人知人に借りた金を踏み倒して妻の元へ行ったら、出直して来いといいかねない律儀な女だったから。

事務所の裏窓に佇みそんなことを思い浮かべていると、桜木義一弁護士から呼び出しの電話がかかった。

桜木弁護士は、いってみれば私の元請業者である。ヤクザや示談屋が交通事故に介入してきたり債権取立てに乗り出してくると、それを丸投げで私にパスしてくるのである。

「日本さくら法律事務所主任研究員」というのが私に与えられた肩書きで、最初私はこの肩書きに文句をいった。

「これ、インチキ臭いですよ。法律事務所に研究員が存在するという話は聞いたことがないし、私は研究員って柄じゃない」

「なんのなんの、いいからいいから」

弁護士は取り合わず、殆ど読まれたことのない判例集のはずれから何やら分厚い本を取り出した。

「この弁護士名鑑を見たまえ。君のほうがよっぽど知的だわ」

私は名鑑をパラパラとめくり、次のように総括した。

「弁護士は総じて写真うつりが悪いようですな」

今回の仕事は女性の素行調査である。東証二部上場の食品会社の社長が依頼者で、案件は社長夫婦の離婚訴訟、その証拠として妻の浮気の現場を押さえることが私の任務なのだ。

私は人を尾行したり写真を撮したりするのは得意ではない。元来こういう仕事は興信所の専門分野なのだからそちらに任せたほうが間違いない。私がそういって事務所を退出しようとすると弁護士が「まあまあ」と両手で宥めるようにして私を引き留めた。

「いってみればこれは特殊調査でね。君ね、仮に奥さんが浮気してないとしたらどうなるか。この訴訟は起こしても負けることになるが、しかし断じて負けるわけにはいかんのだ。さあ君ならどうする?」

「訴訟を起こすのをやめて、夫婦で熱海にでも行けばよろしい」

「瀧川君、それだよ。君が社長夫人と熱海へ行くんだよ。夫人はね、たいそうな美人でグラマーだから君にお似合いだよ」

「それなら先生、ご自身でおやりになればよろしい」

「この顔、この腹でそれをやれとは、君も人が悪い」

ここの事務員たちはボスのことを陰で「カワウソのあくび」と呼んでいる。狡猾そうでどこか抜けたようなその顔を見ているうち、持ち前のいたずら心が頭をもたげた。

「手付けと実費で百万はいただかないとね」

私は仕事のために人妻と不倫をやらかす気などまったく無かった。桜木弁護士はケチだから百万といえばこの話、引っ込めると思ったのである。

ところが弁護士は帯封の一束を私に差し出し、私の右手は反射的にこれを受け取っていた。もう引っ込みがつかなくなった。

弁護士は、夫人の年齢が五十歳で、毎週木曜午後上野毛のテニスクラブに出かけることなど説明し、夫婦のツーショット写真を私に手渡した。

「あれ、これずいぶん若いときの写真じゃないですか」

「あの社長、それしか寄越さないんだ。まあ小豆色のベンツに乗ってるから間違うことはないさ」

弁護士は車のナンバーを記したメモも私に渡し、急に声を低めてこんなことをいった。

「彼女は難攻不落だそうだ。社長は若い色男をテニスクラブの会員にして口説かせたが、てんで乗ってこなかったとさ」

私は考えた。これは難攻不落じゃなくて若い色男が途中でやる気を失くしただけではないのか。弁護士が最近の夫人の写真を私に見せないのは、そのへんに理由がありそうだ。

翌日、私はキンちゃんの大好物「塩川」のキンツバを買って今古堂に出かけた。私はキンちゃんに対しては秘密を作らない。作詞のこととあの島のことだけは別として。

真夏の午後は大掃除に向くのか、キンちゃんは商品と商品の顔をした廃品に叩《はた》きをかけていた。

私は一件のあらましをキンちゃんに話し、まずは夫人と知り合うきっかけをどうするか相談を持ちかけた。

「慶さん、相手が難攻不落だと、よほどのことをやらないと振り向いてもくれないぜ」

「ベンツに追突するというのはどうだろう」

「乳母車か戦車でやれば少しは動じるかもしれないな」

いろいろとアイデアは出るが、陳腐であるかあまりに荒唐無稽であるかどちらかである。もうこの一件は弁護士に返上するほかないなと思ったとき、キンちゃんがいった。

「さっき追突といったな。追突より近い距離で接触するというのはどうだ」

「それ、どういうこと？」

「ベンツの後部座席からぬうっと顔を出して、こんにちはとやるのさ。うん、これだこれだ。この件は甘くないぞ。やるなら奇襲しかないな。体を張って奇襲をやるんだ」

「で、キンちゃん、俺はベンツにどうやって潜り込むの」

キンちゃんは丸眼鏡をはずし、それを宙に透かしながら考えた。レンズに息を吹きかけたので何か閃いたのかと思ったら、「ダメだ」といって眼鏡のつるをぶらぶらさせた。

「慶さん、いい考えが浮かばんわ。やっぱりオーソドックスにスペアキーを手に入れるしかないぜ」

私はその場で桜木弁護士に電話し、「私なりに調べましたが、あの女性はお手上げです。スペアキーでもあればと考えましたが……いやいや、これもねぇ」とジャブを放った。

「君、相手の車に入り込んで何をするんだ」

「グローブボックスにコンドームでもあれば前に進めるかと思いましてね。出来れば降ろしていただきたいです」

「社長に頼んでみるが、ばれないようにうまくやれるんだろうな」

「自信ありません。やっぱり降りましょうかね」

二日後、日本さくら法律事務所の女事務員が、依頼者が自宅において窃盗したらしいキーを届けに来た。キーは綿にくるんで桐箱に収められていた。ぞんざいに扱うな、とカワウソ先生、説教したつもりなんだろう。

翌日の木曜午後四時、私はキンちゃんに伴われて上野毛テニスクラブに着き、計画どおり後部座席に横たわった。

「幸運を祈る」

キンちゃんはドアをロックし、胎児状態の私を見届けて帰っていった。

こうして一人ぼっちになると、いやでも考えさせられる。こんなやり方で接近しようとしたって何の取っ掛かりも得られないだろう。といって、もはや撤退は出来ないのだから、ぱっと奇襲し、潔く散るしかないな。

しかし考えてみると、恥多き我とはいえ、これまでこれほどの愚行、蛮行をやらかしたことがなかった。そんな嫌悪感と心細さから思わず身を起こしかけたとき、足音、話し声、鍵の音、また話し声。

迂闊にも私は社長夫人が一人で帰るものと思い込んでいた。何たる粗忽さかと自分を呪ったが時すでに遅しである。ベンツは発車し、すぐに環八を右折した。

女二人はどういう関係なのか。話題が太極拳から尾崎豊、地球温暖化へと変転して取りとめがない。

「地球よ、滅亡するなら今のうちにお願いします」

胸のうちでそういい、さらに身を縮めたときベンツは左折した。どうやら自由通りに入ったようだ。

しめた、と私は思った。住居が広尾であるのに狭いこの通りに入ったのは、助手席の女性を自由が丘で降ろすからだろう。

案の定、車はスーパーの前で停車した。

「じゃあね」

「またね」

車が動き出すと、直ちに私は決行した。この道路は片側一車線でいつも渋滞している。運転者は後ろの車両を考えると車を放り出して逃げたりはしないだろうし、驚いて急停止しても大した事故にはならないだろう。

「ニャオー」と私はひと声鳴いてから身を起こし、もう一度「ニャオー」と鳴いた。

ベンツはゆっくりと停まり、夫人はひと呼吸おき髪を直してから振り向いた。泣きも騒ぎもしなかった。

美しかった。小麦色に焼けた小作りな顔に瞳が輝き、恐怖どころか好奇心の黒い光をおびていた。写真の彼女はたぶんそれから二十年を生きたはずだが、そのおおかたを美しく眠っていたのか。

後ろからクラクションが鳴り、夫人は車をスタートさせた。

「迷惑をおかけしました。最寄の警察につけてください」

「あなた、犯罪者？」

「ともかく、あなたに迷惑をかけましたから」

「何か目的がありますの？」

「いいえ全然。ドアが開いていたので、入ってつい眠ってしまったのです」

「しらじらしい。ロックはちゃんとされてました。どんな方法で入ったの？」

「僕はただ眠りたかったのです」

「最寄の警察はどこ？」

「鬼門谷署です。目黒通りを右折してすぐです」

そのとおり車は右折し、煤けたみすぼらしい署の建物が見えてきた。

「ほら、あの右手の建物です」

「わかりました、行きましょう。ところであなた、何の罪で自首するんです？」

そんなこと考えもしなかった。この人の亭主はスペアキーの窃盗犯であるが、今日のわが行動はいったいぜんたい何罪なのか。

「住居侵入は……無理だろうか」

「キャンピングカーならともかく、この車を住居というのはね」

「強要罪というのはどうでしょう」

「わたしはあなたに脅かされて警察へ行くのではありません。あんまり自首したがるから同情しただけですよ」

「あっ、鬼門谷署を通り過ぎました。これは弱ったな、どうしよう」

「しっかりしなさい。自分の罪名もわからないなんて、みっともなさ過ぎるわ」

車は天現寺の方へ向かっていた。社長夫人は左手でグローブボックスを探り一枚のCDを摑み取ると、「いくわよ」という合図なのか、それを振ってみせた。

バド・パウエルの軽快なピアノが流れ、合わせて夫人がふんふんと歌い、私のプライドはずたずたにされた。

「わかった、これは窃盗罪だ」

「あなた、何を盗んだの？」

「エネルギー、車のエネルギーです」

「あなたが乗ったからって車がよけいなエネルギーを消費するとも思えませんわ」

「どこまで行くのです？」

「広尾よ」

「お願いです。広尾を通り越して青山署まで行ってください」

「あなた、まだ自首したいのね。オーケー、レッツゴー」

署に着くと私は「自首が認められず退去を命じられるかもしれません。少しだけ待っててくれませんか」と言い残して中に入って行った。この署は特に顔が利き、交通捜査の課長とは代々よしみを通じている。

二階の課長席まで駆け足で行くと、運よく本人が若い婦人警官と談笑していた。セクハラ発言を心配しながら服装を見るとこれが私服である。これでは警官か被疑者か区別がつきにくい。といって制服に着替えてくれともいえないので困っていると、タイミングよく制服の係長が戻ってきた。

「今日はゆっくりしていられなくてね。ミス・人妻を表に待たせているもんで」

はたして二人はこの科白に敏感に反応し、その結果私は制服・私服の警察官に恭しく見送られた。これで私の信用は急角度に上昇したはずだ。

「警察では相手にされませんでしたが、ともかくもお詫びさせてください。食事などしながら」

「なぜこんなことをしたのか、あなたの魂胆をぜひ知りたいわ」

夫人は「とりあえず車を置いてきます、六本木の『アマンド』で待っていて」というと、ベンツを急停車させて私を降ろした。

一時間後、夫人は白のポロシャツにジーンズというさっきと同じ服装であらわれた。

私は一歩前を歩いてステーキハウスに入り、カウンターの席を取った。メニューを見ながらステーキはサーロインにするかテンダーロインにするかと考えていると、

「あなた何でも勝手に決めないで。ここの払いは割勘よ」

と釘をさし、ステーキの前に鮑を焼いてもらいましょうと断を下すようにいって、反論の余地

を与えなかった。

「ワインは白か赤かどちらにします」

「どちらでも。わたし、グラスワインで結構よ。いま、節酒しているから」

「それはいつまでですか」

「そうね……そう、あなたが懺悔してすべてを告白したら解禁にするわ」

「それ、単純なことです。あなたと知り合いになりたかった、ただそれだけです」

「これはまた妙なことを。あなたとはさっき初めて会ったばかりですよ」

「僕はちがいます。初めてお目にかかったのは写真のあなたでしたが、それ以来憧れつづけているのです」

「マユツバもいいとこね。仮にそうだとしても、あんな行動でわたしが感激すると思ったの」

「何もしないまま滅びるよりましです。あなたがヴェニスを一人旅していて、僕がゴンドラ漕ぎだったら、僕はゴンドラをひっくり返し運河の中であなたを抱くでしょう」

「その科白、ほかの女に使いなさい。いったい何なんです、あなたの目的は？　車にはどうして入れたの？」

鉄板を見ると、大鮑が悶えるように身をくねらせていた。私の好物である肝をこの鮑、どこかに落としてきたらしい。

私はぼそぼそとした声でいった。

「あなたの車はある種の貝のように特定の音楽に反応するのです。鍵穴に口笛を吹きこむと鍵が開くのです」

「やってごらんなさい。いまここでその口笛を」

私は「コートにすみれを」の一節を吹き、「コルトレーンです」といった。

「尾崎豊の『I LOVE YOU』じゃどう？　鍵は開きますか」

「車は反応しないが、持主は開くかもしれない」

「いい加減にしなさい」

夫人はスイスイとグラスを空け、お代わりの合図をした。

「ご免なさい。車にどう入ったか、いずれ真実を話します」

「いまここで話しなさい」

「話せません。あなたとの距離が遠すぎるから」

「真実を話せる距離はどのぐらい？」

「鍵と鍵穴ぐらい」

私は大きな咳払いをし、しゃにむに焼き鮑を頬張った。鮑は房総の海の匂いと六本木のバタくさい味がした。

私は話題を変えた。

「テニスのほかに何か趣味は？」

趣味の話を糸口に不倫に探りを入れるというのがわが作戦である。この作戦は、成算はまったくないのであるが、「川柳、あるいは俳句かな」と意外にあっさりと夫人は答えてくれた。

「俳号は？」

「猫かぶり。猫になって句を詠むのです」

「一句、思い出してください」

「春雨や尻尾たたんで傘の中」

「ひやー色っぽい。もう一句もう一句」

「この家のお皿飛ぶ日は何曜日」

ヒューヒューと私は口笛を吹いた。このような家庭状況からして不倫はもう間近である。

「師匠はどんな句を作るんです？」

「ひたすらに白魚まぶた閉じており、だったかな」

「それは朧夜のあなたを詠んだものらしい」

「さあどうですか。わたし、白魚は白魚ですけどね」

冬の寒気に日焼けも褪せて白魚と化した全身に目だけ黒く濡れている。やがて春、東大寺のお水取りなどあって、いつか瞼が閉じられるのか……。

チクショウである。しかしである。こうなったら不倫の相手は多いに越したことはない、と私は正気を取り戻し、テニスコーチ、カリスマ美容師、志摩の真珠取りとあれこれ想像をめぐらせ、はたと気がついた。

「歯科医師、そうだ、あなたは歯医者と恋をしたことがある」

「出し抜けに何をいうんです。何の根拠があってそんなことを」

「歯がとても綺麗だ。明眸皓歯《めいぼうこうし》とはあなたのことです」

「まあー、そういう理屈からいえば、あなたは眼科の女医さんと恋をしたことになりますね。目がとても綺麗だもの」

「木曜がキーワードだ。あなたは木曜にテニスに通い、歯医者は木曜が休診日だ」

「半分当たりです。歯医者に誘われたことはあります。でも断りました」

「なんのなんの、断ろうとしたらその前に歯医者がいったんだ、はーい大きく口を開けて」

「わたし、もう一度断ろうとしました」

「すると歯医者がいった。麻酔が覚めるまで喋っちゃいけません」

「そしてわたしは先生と、麻酔の覚める午後七時に広尾の明治屋で待ち合わせたというわけ？」

私は噴き出してしまい、それが夫人に伝染し、二人は皿から肉がなくなるまで笑い合った。

割勘を済ませると、「もう一軒行きましょう」と夫人は私の手を取り、一句吟じた。

「なんとなくゲイバーに居る猫二匹。でも今日はホストクラブにしましょう」

そうか、ホストクラブのホストをリストにあげるのを忘れていたな。私はうれしくなり、同時に不安にもなった。ホストクラブというのは十五万のシャンパンをバケツにぶっこみホストたちが瞬く間に空にする怖い所と聞いているからだ。

しかしそんな心配はたちまちにして霧消した。狸穴の裏路地に拗ねたようにぽつんとあるその店はホストクラブなんてものじゃなかった。初老のマスターがたった一人、カウンターだけの小さな店で天井は煤け壁は黒ずみ、床は歩くときしみ、浮き上がるのと沈む感じが同時にして、私はすぐに椅子に取り付いた。

女は男に一杯食わせた喜びを、バサッと音のしそうなウインクをして表し、マスターには「バーボン、オンザロックでね」と優しくいった。

私も同じ酒をストレートで頼み、それを喉に放りこんだ。さてこれからどうするか、狂いが生じた作戦をどう立て直そうか。考えようとするがどうも焦点が定まらない。この女にはなにか天性の柔軟さがあるし、パンチが鋭いうえに酒もめっぽう強そうだ。

考えるいとまもなく私はさらに迷路へと誘われた。音楽が鳴りだし、それがKYOTOオンディーヌだったのである。これはどういうことか。ただの偶然なのか、それとも何かの暗示なのか。

「この曲、あなたのリクエスト？」

「ええ、気を利かせてかけてくれるの」

「僕はむかし、大月のぼるとちょっと付き合いがありました」

「あの人、参議院に出る準備をしているそうね」

少し前、私もそんな噂を耳にしたことがあるが、作詞家のダミーという実体を顧みればそんな大それたことは出来まいと真摯に受け止めなかったのだ。しかし本気で出馬を考えているとしたら、のぼるはよほど窮状にあるのか。

「そうですか、参議院にね」と私は小さくつぶやき、「しかし、いい曲ですね」と二倍に声を強め、この話題を打ち切った。

夫人はマスターにも酒をすすめ、ほどもなく自分は三杯目のお代わりをし、私は軽いジャブも出せぬまま次第に快い放心状態を受け入れていた。

古い貨車のような店の雰囲気が明るくなった。四角いあごにオーソン・ウエルズ風のひげを生やし、荘重な夜を過ごすのが好みと見えたマスターは、グラス一杯で急に身軽になった。「マスター、ジプシー・キングスかけて。ボリュームいっぱいに」

夫人が弾むように床に降り立ち、マスターがCDをセットして「ゴー」とひと声。「バンボレオ、バンボレオ」とジプシー・キングスが、「オーレ、オーレ」と社長夫人が、「カタカタカタ」と靴の踵が、「ギーギーギー」と床板が、てんでに歌い鳴る音響が私を熱くし、とうとう私もフロアに駆り立てられた。

やがて音楽がやみ足を止めたとき、私の仕事は終了した。

「ご免なさい。わたし松山規子ではありません」

と彼女が告げたのである。松山規子とは社長夫人のことである。

「規子さんはわたしの従姉で、家が近くなので時々テニスに誘われます。今日彼女は自由が丘で食事会がありお酒も出るというので車をわたしに預けたのです。たぶん、あなたはゲリラ的に彼女に近づき歓心を買おうとしたのでしょうけど、規子さんは軽々しく浮気するような人じゃありません。それにあなたのストーカー的行為ですが、法的制裁を加えることも出来るのよ。わたしの主人、弁護士ですからね」

やはりこの女性のパンチは強かった。私はマットに沈んだわけだが、何だか試合の相手じゃなくレフリーにノックアウトされたような気がした。

「もうあなたに会えないんだろうか」

「そのうち会えることよ。あなたがヴェニスのゴンドラ漕ぎになったら、わたしのほうから運河に飛び込むかもしれないわ。でも今日はスリリングで楽しかった。それに免じてあなたのこと、不問にしてあげます」

翌日弁護士事務所に出向き、私は洗いざらい顚末を話し、「この件は手に負えません」と帯封の百万をテーブルの中程までゆるゆると進ませた。それを弁護士はすばやくつかみ上着のポケットにしまおうとしたが、私が大きな咳払いをすると、カワウソのような目をパチクリと開け、「やれやれ、あーあ」と大げさに溜息をつきながら十枚を数え、私の方へじわじわとすべらせた。

弁護士事務所を出ると、地下鉄を銀座から国会議事堂前まで乗り、議員会館の恩田五郎を訪ねた。集票作戦は任しておけと、五郎の耳に吹き込むためである。

三月ほど前のことである。五郎が珍しく烏森の外れにある事務所に訪ねてきて、「今度の選挙危ないです。先輩、力を貸してください」と平蜘蛛のように頭を下げた。私は事案を選り好みしていられる身分ではないが、選挙だけには関わりたくなかった。あれは風の吹きようでどう動くかわからない代物だからだ。

「だめだっ」と私は毅然として断り、「そこを何とか」と五郎が粘りに粘るのを斥《しりぞ》けた。すると彼はおもむろに背広の内側に手を伸ばし、中途半端に膨らんだ角封筒を取り出した。

「先輩、これ、とりあえず使ってください」

ちらっと目をやると五十万入ってるようだが、これはどういう趣旨の金なのか。

半年前にも彼は容易ならぬ事件を一つ私に依頼している。新宿のクラブで羽目をはずしホステスの胸に触ったところを写真に撮られ、「週刊誌に売り込むぞ」と自称右翼に恐喝されたのである。私は銀座のホステスに頼み込み、五郎を同道し新宿と同類の写真を撮らせてもらった。ただ新宿との違いは、指を二本詰めた男がもう一人写っていたのだ。私はこの写真を自称右翼にとっくりと見せ、「これもいっしょに売り込んでもろうて、この指のおっちゃんにもなんぼかやってもらえんやろか」と関西弁でいってけりをつけたのだが、あの報酬はまだ貰っていない。

ここでこの五十万を受け取ると、あの件はうやむやに葬られるのじゃあるまいか。ごく正常な頭でそう考えたものの、すーっと自然に手が伸び「何とかしよう。よし、任しておけ」と私の舌が喋っていた。

恩田五郎は代議士一年生である。秘書時代、議員会館の部屋が近かったので付き合うようになったのだが、私は絶望的に不運、彼は強運だった。ボスが前回の選挙直前急死し、都議会議員が公認争いをしている間に彼が浮上したのだ。彼には若さがあるし、茫洋とした風貌からして大物を想わせる。そのうえ彼は百メートル平泳ぎでオリンピックに出場したスポーツマンでもある。初回はこれで十分だったが二度目はそうはいかない。野党は同年輩のエリート官僚を引っ張り出してきて、この選挙区を重点区としており、このままでは危ないというのである。

五郎が帰ってから、やはり選挙の件は受けるんじゃなかったと、私はうじうじと後悔した。ふだん中ぐらいの重さに感じる五十万円がずっしり肩にのしかかり、その重さからするともう四、五百万積まれないと合わない気がした。

あれこれ思いめぐらせるがいい考えが浮かばない。といってこれを返上するのもプロの沽券に関わる問題だ。頭を抱えて何日か過ごし日曜の朝を迎えた。番茶を啜りながらぼんやり朝刊を眺めていると、こんな見出しが目に飛び込んだ。

「一万人で第九を歌おう」

わが国の代表的なオーケストラ、著名なソリストの後ろで一万人が合唱するという企画が発表され、メンバーを公募するという記事である。

それが何であるか、恩田五郎がどう関わるかは定かでないが、第九には何か鉱脈がありそうな気がする。

そこまで思考が進んだとき、私はあれれと思った。今まで五郎とは何度も飲みに行ったけれど彼が歌うのを見たことがない。ことは音楽イベントだから五郎が万一音痴だったらこの企画に取りかかる余地はない。

翌日の夕方、私は五郎を銀座のビヤホールに呼び出した。五郎は起死回生の戦略を聞きたがったが、私はいわくありげに悠然と微笑し、「話を聞かれない密室にちょこっと付き合ってくれ」と早々にビヤホールを出た。

新橋の表通りにあるその店はビル全体がカラオケボックスになっており、入り口で五郎は抵抗した。

「カラオケは好きじゃないです。それに俺閉所恐怖症でもあるです」

「俺も同じさ。だけどお前のために敢えて入るんだぞ」

通されたのはこういう店にしては馬鹿でかい部屋で、プラスチック製の長テーブルと椅子が六脚、それに小さなステージもついていた。

私は先にステージに立ち「東京音頭」を歌った。五郎が音痴であることを想定し、ところどころで音をはずし、次の「上を向いて歩こう」では音程どころかあごもはずしそうになった。

これで五郎も自信がついたろうと、私は彼にマイクを渡し軽く肩をたたいた。

五郎はマイクを、砕かんばかりに握り締めた。いつもは春霞の立つ眉の間に今日は厚ぼったい暗雲が立ちこめ、鼻の頭が雨滴で濡れていた。

「それではア・カペラで歌います。その前に歌のあらすじを説明させてもらいます」

そんな前置きで語られた歌の内容は、ある男が何年かぶりで思い出の街を訪ねると、二人がめぐり合ったキャフェはすでに無く、といった感傷的なもので、私が気づいたときにはもう歌がはじまっていた。

しかしこれは歌であろうか。いってみればこれは、音符の肉声化というよりもオタマジャクシの原型そのものが声帯から放り出され、これが外気に触れるとたちまち蛙に変身し、歌い手の音域をはるかに越えて跳躍し、次の瞬間奈落の底へと墜落する態のものであった。

彼が歌い終わるのを私は強く希った。知らぬ間に貧乏揺すりまでしていた。

ようやく終わった。しかし、これは絶望的である。神は五郎に対し音楽の代償に百メートル平泳ぎを与えられたのだろうか。

いやそんなはずはない。神はどんな人間にも賛美歌を歌う唇を与え給うたのだから。

人間、どん底に落ちると強くなる。五郎を何とか普通の音痴に引き上げなくてはならんと、猛烈な闘志が湧いてきた。

もっともこの時点で第九を目指すとはいえない。目標が大きいとそれに押しつぶされるおそれがあるから、私はこういうに留めておいた。

「これからはカラオケの付き合いも必要だろう。少々練習してみようか」

私の事務所はピアノもカラオケもない。例のハモニカと小さなCDプレーヤーがあるだけである。そこへ週に一度五郎が来て私のレッスンを受けることになった。

レッスンといっても、やさしい童謡や唱歌を自由に歌わせるというのが基本方針であった。初めの頃は私が先に四小節を歌い、それを五郎が繰り返すという方法をとり、五郎の喉が別の旋律を奏でても私は意に介さず「それぞれその調子」と持ち上げた。

しだいに五郎は伸び伸びと歌うようになった。一か月たったとき私は「何か楽器になって好きな曲を演奏してみては」と提案した。五郎はちょっと思案した後「それではハモニカで」とことわり、題名をいわずに吹き始めた。すると自然に「兎追いし彼の山」と私の唇が歌いだした。

「楽器は律儀である。楽器は間違った音を出さない」

私の言葉に五郎は大きくうなずき、今度は尺八になった。「座頭市の子守唄」なるこの曲は朧ろ月夜の森のように曖昧模糊として、どこに音程のくるいがあるのか判断がつきかねた。

何度か薄暮の日比谷公園に出かけ、野外授業もやった。「めえめえ森の児山羊」とか「赤い帽子白い帽子　仲よしさん」などを二人で大声で歌うのである。一度など、そのまま銀座五丁目のビヤホールまで大声の歌が続いた。

およそ三月にわたる練習の締めくくりに「フニクリフニクラ」の特訓をした。この曲はメロディに抑揚のある活発な曲なので五郎に歌わせるのは賭けであるが、ハードルは越えねばならない。

私はプラシド・ドミンゴのCDを買ってきて、何度か聞かせた後、五郎にいった。

「ドミンゴはテノール、君はバスに近いバリトンだから真似てはいけない。これは活発な歌だけどゆっくりゆっくり歌え。メロディに気を使うな。最後の二小節はとくにゆっくりと」

指示が効き過ぎたのか、こんなのろい「登山列車」を私は初めて経験した。あまり遅いので欠伸が三回も出た。

私は「テンポを少しずつ速く」と指示をあらため、ついにはこう命令した。

「最後の二小節、君は歌ってはいけない。トランペットになって思い切り吹け」

点数をつけるなら五十五点ぐらいだろうか、どうにか恰好のついたフニクリフニクラに感謝し、私たちは缶ビールで何度目かの乾杯をした。

合唱メンバーの応募締め切りの十日前に、私は初めて五郎に参加計画を打ち明けた。五郎は半分は尻込み、半分は乗り気になった。これで試験にパスしメンバーになったら顔を売る場が出来るのである。

さいわい歌唱テストの選曲は自由であった。審査員が「歓喜の頌歌」ばかり聞かされてはかなわぬと思ったからだろう。

私は迷うことなく平調の「越天楽」を選んだ。この曲はもぐらが地表を這うような旋律だから急跳躍急墜落の危険性が少ないうえ、五郎の「座頭市の子守歌」にも似ている。五郎が尺八になりきって歌えば審査員も並外れた音痴とは気づかないだろう。

歌唱試験の前日、私は涙ぐむほどの熱誠をこめ、審査員にこうアッピールせよと訓戒を与えた。

「私は小さいときからずっと音痴でした。いまも音痴です。でも第九が歌いたいのです。その情熱だけは誰にも負けません」

結果、五郎は試験にパスし毎週一度の夜間練習に通っている。彼が代議士であることは自然にメンバーに知られるようになり、国会でも話題になっている。しかし私の集票作戦はこれにとどまるものではない。その目玉は五郎の出演の記をマイチョウの学芸欄に掲載することなのだ。「オンチ第九を歌う」と題して、彼の生い立ちにも言及するのだ。これにより選挙区の音痴、音楽ファンはもとより、こころ優しい有権者の票もかっさらうことが出来るだろう。

すでに原稿の腹案も出来上がっている。以下はその抜粋である。

「私は世の多くの人とは異なる音楽世界に属し生きてきました。そのことに初めて気づいたのは小学校一年の歌唱テストのときでした。曲は『しゃぼん玉』でしたが、歌いだして間もなく糸の切れた奴凧状態に陥りました。それでもやっと歌い終えましたが、あのときの先生の愕然とみひらいた目を忘れることが出来ません」

「これ以降私は何をしてもオンチの呪縛から離れられなくなりました。中学に入り本格的に水泳を始めましたが、間もなくおやじが死に、家族四人の生活はおふくろ一人が背負い込むことになりました。この労苦に報いるためにも水泳で名を上げねばならないのです。私はしゃにむに練習しました。3ストローク前にオンチが泳いでいると想定しこれに追いつき追い越そうと。私は毎日毎晩同じ場面をイメージしました。表彰台の中央に上がった自分、翩翻《へんぽん》とひるがえる日章旗、頬に伝う涙を拭いもせず大声で正しく君が代を歌っている自分を」

「……このようなコーチの指導を得て、私は喉に巣食っていた痼疾《こしつ》から解放され、普通並みのオンチに変身したのです。いつか人前で大声で歌いたいという夢がついに叶えられるときが来たのです。タクトの最初のひと振りと静かな序奏、短いクレッシェンドの後の天地を揺るがすような大交響。私の全身はふるえ、熱いものがどっと胸に流れこみました。いまここに自分がこうしていられることの何という仕合せ。ああそれにしても第九の包摂しているものの大きさはどうだろう。私は次第に大聖堂の祈禱の中にあるような平安を感じ、つくづく思いました。自分は自分じゃなく一万人の一人に過ぎないのであると」

「第四楽章。不協和音の強打の序奏、バリトンのソロ、そしてわがパート。私はオリンピック百メートル決勝のときのように緊張していましたが声は出ていたと思います。歓喜の歌の主題は猛訓練しましたのでフライングさえ気をつければ大声を出しても大丈夫。一番厄介なのは五九五小節からの五十小節ですが、そのとき私はコーチがくれたアドバイスを思い出しました。『一万人の赤ん坊が泣くとき一人の赤ん坊の声が聞こえるだろうか』『君は十トントラックだから大道を走れ。細いカーブや路地は小型車に任しておけ』。そのとおり私はこの難しい部分は周りに合わせてハモるか口をパクパクさせるだけにしておきました。こうして一万人の人が私を助けてくれたのです。二千五百人が私のパートに合わせてくれたのです。最後の八五一小節以下はテンポの速さも快く、大声で歌えばよいので私には最高でした。歌い終わったとき私の頬を滂沱《ぼうだ》の涙が流れ落ち、私の胸に日の丸が翻っていました。ありがとうコーチの先生、ありがとう合唱の皆さん、ありがとうスタッフの皆さん、ありがとう世界のすべての人たち」

このマスコミ作戦は、まだヴェールにくるんであって、五郎には俺に任しておけというにとどめている。

4. 美しい初夏の夕べとダミーの死

島を訪ねたのは最初が四月半ば、いまは九月の末で、これが六度目である。

今日の海坊主はつなぎの作業服を着てエナメルの太いベルトを腹に巻いていた。「お洒落だね」というと、「余計なことはいわんこった」と熱いタオルを顔に圧しつけ、煙管が終ると、「あんた、この歌知らんだろうな」と人を馬鹿にした。

勿体ぶって何呼吸かおいて歌いだしたその曲は、何とKYOTOオンディーヌだった。途中、「オンディーヌって、あんたの飼ってる大アリクイの名前かい」といったら私の口を手でふさぎ、耳の穴に高音を吹きつけた。

歌い終わると「いい夢を見な」といったようだったが、すぐに私は眠りに落ちた。今日はカフカの迎えがないばかりか私の居場所もいつもとちがい、遊覧船らしい船の上だった。

船は湾の中ほどに船尾を黒松の砂州に向けて停泊し、私は甲板のデッキチェアにだらんと寝そべっていた。さわさわ吹き過ぎる風と波のルフランが心地よく、私はハンモックに揺られながらどこかへ運ばれるような感覚をおぼえた。

夢の中で私はさらに眠り、あらたな夢を見たのだろうか。

それとも島の夢が別の映像に切り替わっただけなのか。

どちらにしても、思いもかけぬ情景が次々と瞼に浮かび上がった。それは冬の京都、先斗町のお茶屋を舞台に始まり、夢にしては脱線することもなく一つの物語を時系列に展開してみせた。

このように唐突に京都の花街が現れたのは、耳の底にKYOTOオンディーヌがこだましていたためであろうが、うれしくなった私は、目覚めるとすぐに夕子に話した。

「その夢はね、雪のちらつく先斗町を雲水三人が托鉢していると、お茶屋から点心に招待されるところから始まるんだ」と私は切り出し、記憶どおりをこまかく話して聞かせた。

――点心の接待係が夕子というこの家の孫娘で、薩摩琵琶の弾き語りをなりわいとするかたわら祖母の営むスナックを手伝っている。

ちなみにこの夕子は、聞き手の夕子さんをコピーして、さらにもう何歳か若くしたようだな、と思えるほどよく似ている。

やわらかな三日月眉、切れ長で理知的な目、先がちょこんと上向いた鼻、青白い首すじ。

雲水の一人はひと目で夕子が好きになり、点心を平らげた後、自分の思いを婉曲に口にする。

「聞きたいな。あなたの琵琶を。どうしても聞きたいな」

「それが、弾けへんのです。指の炎症で」

「それでは歌を。歌だけでも聞かせてください」

夕子が手を振って断ると、男が「僕が先に歌います」といって立ち上がり、胸に当てた手をもだえさせながら「オー・ソレ・ミオ」を原語で歌った。

甘く優しいテノールが胸に沁みたようで、夕子が弾かれたように立ち上がる。

「室生犀星の『ふるさとは遠きにありて思ふもの』をヒントに作詞作曲してみました。本邦初演でございます」

人はみな犀川べりのエトランゼ
鳥はみな昏き北へと還りゆく
ここは何処　都の橋かまぼろしか
かすかなる瞼の底に遠き日の
草萌ゆる春　うぐい泣く春

あの点心から十日ほどした深夜、一人の雲水が寺の裏山から抜け出し東山通りへと歩を進めていた。家々の軒も街灯も白く凍てつき、小雪のちらつく街は車窓の景色のように目の端を過ぎてゆく。男は東山通りから四条大橋へ、そこで右岸に下りて北へと歩き、点心に招ばれた家はあの辺かと堤のベンチに腰を下ろす。

雪がはげしくなってきた。笠なしの坊主頭に木綿衣に尺八にと、容赦なく風が吹きつけ体がこちこちになった。

と、そのとき、あのひとの声が聞こえた。

「雲水さん、どうしました。そこで何したはるんです」

男は立ち上がり、声の方を見た。じっと目を凝らしても何も見えず、その声が怒鳴り声になった。

「僕、もう雲水ではありません。たった今寺を出てきたのです」

「そんなあ……そんな大それたこと、ほんまにしやはったんか」

「僕、あなたの琵琶が聞きたいのです。あれからそればかり、そればかり思いつづけてきました」

男が必死にうったえると、「それがなあ」とためらってから、切れ切れにこんなことを口にした。

「わたし、指の炎症なんかやないんです……創作上の壁にぶちあたってしもて……無理に弾こうとすると絃が切れてしまうんや……」

男はしばらくしてやっと口を開き、「知りませんでした、ちっとも知りませんでした。このとおりです」と頭を下げた。

すると、夕子の家の方角に白い影が浮かび、霧が流れるように近づいてきた。

「抱いてください。つよくつよく抱いてください」

その一瞬雪がやんで月が輝き、天然のままの女のからだをくっきりと照らしだした。川を背に銀の光をまとい、ほっそりと立つ夕子。青い果実のような酸っぱい匂いが立ち、男はあらあらしいほどの想いをこめて夕子を引き寄せつよく抱きしめた。

けれどそれは束の間だった。次の瞬間月は雲に隠れ、途切れなどなかったように降る雪に、男はひとり取り残されていた。

それからふた月ほどした春の夜、夕子の家のすぐ裏の、あの雪の日と同じ所で男は女を待っていた。何のあてもなくただ憑かれたように三晩続けて待っている。その眼前を、岸の灯をゆらゆら揺らしながら褐《かち》色の水が流れてゆく。

男は立ったまま眠っていたらしい。

夢の中で何かを聞いた気がして目を覚まし、じっと耳を澄ます。堰を落ちる水音、遠い羽音のような街のざわめきなどの中から少しずつ少しずつ一つの音がはっきりしてきた。それは待ちに待ったあの音、撥で絃をかき鳴らすあの音であった。

男は耳を澄ます、じっと耳を澄ます。やがて歌がはじまる。おもむろに重厚に。

祇園精舎の鐘の声　諸行無常の響きあり

美しい声である。低音はチェロのように奥深く、高音はほそく伸びて虹を描くように裏返る。

沙羅双樹の花の色　盛者必衰の理をあらわす

男は声の方を一度だけ見たが、予想どおり女の姿は見られなかった。

平家物語は二度三度と歌われ、そのたびに男は感動をあらたにした。そして四度目を聞いているうちに、何か過度の甘美さ、或る危うさを感じてしまう。まるでその音楽に致死量の麻薬が含まれているとでもいうような。

おごれる人も久しからず　ただ春の夜の夢の如し

ひょっとするとこのひとは、満開の夜桜、川面をよぎる絃歌のひとふしなどを思い浮かべながら、春の夜に死ぬことをねがっているのではなかろうか。ただ春の夜の夢の如しとこのひとが歌うとき、甘美な死に陶酔しながら夜空に桃色の虹を描いているのだ。

なぜ、なぜだろう。

それはわからないが、このままこのひとを放っておいてはいけない。絶対に放っておいてはいけない。

男は尺八を握りしめ闇雲に走りだした。来年の春、そう、来年の春までに間に合わせなければいけない。それまでに彼女と共演できるほどに尺八の腕を磨くのだ。

それから十日ほどして、先斗町のスナック「夕霧」に飄然とひとりの男が現れる。

この店は夕子の祖母が営むお茶屋の中にあり、玄関の次の間に今風に作り付けてあるのだが、靴のまま上がれないし一見さんお断りの店である。

この日たまたま祖母は外出し、夕子ひとりカウンターに肘を突いてぼんやりしていた。

「あれ、雲水さん」

夕子がいいかけたほど男はあの雲水に似ていた。それもそのはず、あの雲水がレンブラントのキリストばりにやつれた姿に化けていたのだ。

「あのう、前にお見えになりました？」

「いや、初めてです」

「すみません。うちは会員制で、一見さんはお断りさせてもろてます」

「そうなんですか。水だけでも飲ませてくれませんか」

「はい。水は飲み放題です。そやけど、なんでここに入ってきはったんです。靴まで脱いで」

男は水を一気に飲むと、入店の経緯をこう説明した。

「四条通りからこの小路に入ると、リュートを弾いてマドリガルを歌う声が聞こえてきました。まるで霧雨の中に桃の花が咲いているように美しく、声につられて足を運んだらここに座っていたのです」

「まあ、上手に答えられましたね。ごほうびに何かみつくろってきます」

夕子が台所から戻ると、男は次のようなメモを残して立ち去っていた。

「野良猫に餌をやるの忘れていました。来年春には会員になりますので、それまでは絶対に、絶対に店をたたまないでください」

それから夏も秋も過ぎ年も越した冬の或る晩、雲水のそっくりさんがまた夕子ひとりのところへ現れた。

「少し汗をかいて稼ぎました。まだ入会金は出せませんがお酒を飲ませてくれませんか」

服装は前と同じ素寒貧《すかんぴん》状態を示しているが身のこなしや表情に活気が溢れている。夕子はうれしくなった。

「どうぞゆっくりしていってください。何かみつくろってきます」

五分後に戻り客を見た瞬間、夕子は立ちすくみ危うく盆を落としそうになった。

「あなたは、あなたは」

そっくりさんのその席に、あの雲水が点心のときと同じつるつる頭を光らせて座っていた。

「いつ来はったんです。そこにお客さんいませんでした？」

「いいえ、誰もいませんでしたよ。そんなことより、あなたがいてくれてよかった。間に合ってほんとによかった」

そういうと男はいきなり布の袋から尺八を取り出し吹き始めた。

荘重な、それでいてやわらかな音色であった。幽玄で、森のような深さの中にモーツァルトの優美さがある。

もう一曲、もう一曲と夕子は求め、とめどなく溢れる涙を拭いもせず男の吹奏に聴き入っていた。

雲水は居ずまいをただし、頭を下げた。

「未熟ではありますが共演させてください。あなたと日本中を回りたいのです」

夕子も姿勢を正しこう答えた。

「日本中といわんと世界中に行きましょう。うれしいな、あなたと楽器を携えて生きられるなんて」——。

見た夢を話し終わったとき、私と夕子は他人行儀にも、テーブルに向かい合っていた。ビール一本とピクルスを添えたチーズの皿が出してあり、あまり手がつけられていなかった。安楽椅子からここに移動したのもビールの栓が抜かれたのも目に入らぬほど夢中で喋っていたらしい。

「慶さん、上に行きましょ。あなた、夢のつづき見たいでしょ」

実在の夕子は、声を鼻にかからせ艶っぽい目を私に注いだ。何だかわざとらしい。

私は「う、うん。そうだな」とあいまいに応え、そのとき、あれっと気がついた。

「そうか、ここの夕子さんも、和服だったんだね」

「ひどい、ひどい、今頃気づくなんて」

「その帯、とてもよく似合うよ。それ、何色というの」

「何よ取って付けたみたいに。でも質問だから答えるわ。黒つるばみ色とか消炭色とかいうようよ」

「君の着物姿、もう少し見ていたいな。これ、ほんとだよ」

実際、薄い藤色の紬にその帯はしっくりと合い、ひっつめにした髪を結わえた同色のリボンも白いうなじに映えていた。

「慶さん、先斗町で大満足して、わたしがおジャマムシなんよ」

「そうともいえないね。尺八を吹いた後、お茶屋の二階に上げてもらったわけじゃないから」

「あなた、その部分ケチって話してないいんじゃない」

「男が女を抱いたのは雲間から月が出た一瞬だけだ。それに紺木綿をまとっていては何が出来ようか」

「わたしならその一瞬だけで十分感じることよ。ところで彼女、わたしより幾つ若いの」

「ほんの、ほんのこころもちだけだよ」

「この嘘つきめ。夕子さんを抱いたとき青い酸っぱい匂いがしたといったじゃないか」

「君を初めて抱いたときもそうだった。雪のような肌が林檎のように匂っていた」

「ほんとう？　ねえあなた、もう少しここでお話ししていたいわ」

「ああ、それがいい。二階へ昇る階段、取っ払うとしよう」

夕子はウイスキーを運んできて、二つのグラスにダブルの量を注ぐと私の横に来た。私は二杯目でほろ酔い気分になった。

「慶さん、あのう……」

何か空気があらたまった感じがして夕子を見ると、いつ姿勢を直したのかこちらに向けて正座していた。

「慶さん、奥さんを亡くしたのですね。わたしあのとき、すぐに気づきませんでした」

夕子はごめんなさいと頭を下げ、あなたが二度目に来たときマッサージしたでしょと話を続けた。耳の裏の湖が干上がっているのを知り驚いたが、そのことにまで思いが至らなかったのです、と。

「ごめんなさい。お客さんの身の上のこと言い出すの、出過ぎたことなんですけれど……」

「構いませんよ。僕は何事もオープンで、妻との馴れ初めだって百人ぐらいの友人に話しましたよ」

「ほんとうはわたし、自分の過去を話したくて仕方がないのです。この家に来てからこんな気持ちになったの、初めてです」

「ぜひ聞きたいな。どうぞ話してください」

「それは出来ないのです。私事を話すことは堅く禁じられていますからね」

夕子はそれきり口をつぐみ、私もその間無言でウイスキーを啜っていた。しばらくして隣から、女とは思えぬ、決然とした咳払いが発せられ、それがすぐに鼻にかかった女の声に変った。

「ねえ慶さん、奥さんとの馴れ初め、聞かせてくださらない。ねえお願い」

夕子を見ると、拝むように手を合わせ、正座に組んだ膝に手を置いて謹聴のポーズをとった。

「じつはこれまで女の人には話したことがないんでね」

そういいながらも私は「あれはオザワにも責任があるのかな」と口をすべらせ、これはいかんとウイスキーを喉に放り込んだ。口を閉じようとしたのであるが、キックの利いた一発が、喋りたがっている舌に火をつけた。

私は気取って話しだした。

――八年前の初夏、私はオザワのブルックナーをサントリーホールで聴いていた。鋭い切れ味とふくよかな叙情性がミックスした素晴らしい演奏だったが、異変は第四楽章冒頭に起こった。異変といってもオザワが指揮台から落っこちたのではない。時としてオザワは空をゆく大鷲のように腕を優雅に羽ばたかせ美しい旋律の気流に乗ることがある。そんなときオザワの踵は上に伸びきり、そのまま指揮台を離れるように見えるが音楽はつづくのである。

異変は私の鼻腔に起こった。そして同時に隣の席にも起こった。隣の女も私と同様にひとりで来ているようで、齢も私とそれほどちがわないようだった。私の右半身の皮膚感覚がそんなことを感じ取っていたが、私はそれ以上興味を持つこともなかった。

第四楽章が始まるや、私の鼻腔を急に痒みと湿気が襲い、ついでくしゃみが飛び出しそうになった。私はとっさにハンカチを取り出し音を防ぎ、噴出しないよう用心しながら借り物のようなくしゃみをした。くしゃみは一度で済まず三度たてつづけに出た。

隣の女にも同じ現象があらわれた。くしゃみ一回、そして鼻水、そしてまたくしゃみ、鼻水の繰り返し。

不幸なことに私は鼻紙を持っていなかった。ハンカチも一枚きりであり、これがもう終演までもたないことは明らかだった。

三回目の発作が終わったとき、隣からそっと何かが差し出された。金はかかっていないが命のロープ。それはサラ金のティッシュの袋であった。

このお蔭で私のくしゃみは休止しアンコールを受け入れる状態になったが、隣は鼻をまだぐじゅぐじゅさせていてアンコールの拍手を送ろうともしなかった。

私も隣に加担して、こんな日はアンコールなんかするなとそっぽを向いて態度で示したが、非情なオザワは拍手に応え演奏を始めた。ブラームスの「大学祝典序曲」で、いつもの倍ぐらいテンポがのろい。オザワもオザワなら、これを許したブラームスもブラームスだ。

ようやくコンサートが終わり席を立ったとき、初めて顔が合った。

「ずるいずるい、そんなの、ずるいです」

私はティッシュを丸めて鼻を堰き止めていたのである。

「何かお礼をしたいのですが」

「お礼なんかいりません。それよりこのくしゃみ、何とかなりませんか」

「何とかしましょう。何とかしなければね」

鼻の詰め物をとると私はまた隣と同病になった。とにかくまず温かい物をと、駅前の居酒屋に彼女を誘い、熱燗とおでんを注文した。

熱いコップ酒一杯の効能は完璧だった。

「あなた、風邪ひいてました？」

「いいえぜんぜん。あなたは？」

「僕もです。いったいあのくしゃみは何だったんだろう」

「何だったんでしょう。不思議です」

まだうっすらと涙目の瞳がひかり、私の目に何かを刻みつけた。

「快気祝いにもう一杯」

コップを持つ前に彼女は座りなおし、カウンターに並んだ私たちの距離はだいぶ縮まった。少し乳臭いような、乾草のような懐かしい匂い……。

「今日のチケットは自分で買ったんじゃないんです。どこかからボスの所に回ってきてね」

「まあ、わたしの切符もそうですよ」

「ボスは僕を席に呼んで、偉そうにのたまいたもうた」

「うちの部長ものたまいました」

「きみぃ、たまには高尚な音楽を聞きに行ってきたまえ」

二人が同時にそういったので、思わず互いに顔を覗きこんだ。

「じつはね」と私は話を続けた。「初めは行くまいと考えていたんです。『今日の曲目はだね、ブルックライナーの八番だな』とボスに教えられ、僕はおかしくなるより先にがっくりとしてしまったのです。だけど夕方外に出ると爽やかな風が背中に吹いてきて、知らぬうちにこちらに足が向いていたから不思議です」

「わたしも誰かに切符を譲ろうと思いました。ブルックナーは一度聞きましたが、肉眼で遠い天体を見ているようで、とても難解でしたから。それが夕方になると、耳をじっと澄ませば、宇宙からの光が見えるかもしれない、きっと見えるはずだという気になったのです。ほんとに不思議です」

私たちは乾杯をした。それから名前と電話番号を教え合い、もう一度乾杯した。

居酒屋を出て、私たちは地下鉄の次の駅まで歩いた。ホテルの灯、雑居ビルのネオン、プラタナスが落とす淡い影と、どれもこれも新鮮で、私たちはいま見知らぬ街に到着したばかりの旅人だった。時折心地よい風が吹いてきて女の髪をやわらかくなびかせ、それが私の頰に何かのささやきと感じられるのであった。

あの夜から私たちは三日にあげず会うようになった。いろいろ話をしてみると私たちには不思議なほど共通点があった。挙げればきりがないほどで、小さい頃家の山羊の世話係をさせられていたことやゴーヤーとかホヤが好きな点まで共通していた。

私は弱小球団ファイターズのファンで、真夏の或る日彼女をライオンズ戦に連れて行った。いつものとおりドームの指定席はがらがらで、二人でスタンドを独占しているようなものだった。三回表三番バッターのファウルボールがふらふらと上がり、真ん中の通路で跳ねてこちらに来た。私が捕ろうとすると、「オーケーオーケー」と彼女は大声を出し、高校のソフトボール選手をしていた腕で難なくボールを捕まえた。当時ファウルボールを捕ってもそれはもらえず、代わりにチャチな少年ボールが渡された。それでも彼女は大喜びで「ラッキー、ラッキー」と小躍りしていた。

いつものとおりファイターズはリードされ、私はげん直しに席を変わることにし、もっと右翼の方へ移動した。

「もう一度、ボール来ないかしら」

「それはないだろう。何百回と来てるけど二度ファウルを捕まえたことはないな」

「でも、もしもよ、もし捕まえたらどうします？」

「二度ね……そんな奇跡がもし起こったら……どうするか」

三秒おいて二人は同時に声を発した。

「結婚しよう、絶対に結婚しよう」

七回表四番バッターが右に狙ったのがハーフライナーとなってこちらに来た。これは難しい。左に切れた球が揺れながらかなりのスピードで迫ってくる。私は蟹のように手をひろげ左横へと素早く移動し、急に沈んできたボールに腕をいっぱいに伸ばした。最後は南無三と左手に願いをこめた。

つかんだ、つかんだ、つかんだのだ！　この痛さ、この熱さ、ぱらぱらではあるが温かなこの拍手。

その年の秋、私たちは結婚した。ドームで獲得した少年ボール二個は私たちのかけがえのない宝物になり、今でも妻の写真と並べて置いてある——。

ここまで話した私は、これは馴れ初めをだいぶオーバーランしてるぞと気がついた。夕子を見ると、涙を見られまいとするのか目をぱちぱちさせて顔を上に向けた。そのため目から溢れたものがふた筋あごへと伝い落ちた。

少しして夕子は「慶さん、マッサージさせてください」といって私の後ろに回った。

例の触れるか触れないほどの指使いであるが、耳の裏を何度も上下していて急にとまった。

「慶さん、慶さん」

夕子が頭から突き抜けるような甲高い声を上げた。

「湖に水がもどったよう。もどったんだよう」

「それ、ほんとうか」

「いっぱい、いっぱい、水がいっぱいだよう」

振り向こうとすると、夕子は身を屈めて両手で私の体を抱え、「よかったね、よかったね」と何度も何度も私を揺さぶった。


六度目の島行きの三日後、日曜の夕方ビールを飲みながらニュースを見ていたら、大月のぼる自殺の報が流された。昨夜鎌倉の由比ガ浜海岸に鞄と衣類が置かれているのが発見され、通報を受けた警察が調べたところ大月氏のものと思われる遺書が入っており、また今朝早く同海岸を散歩していた人が波打ち際に男の変死体を発見、それが同氏であることが家族によって確認された。同氏は仕事に行き詰まり入水自殺をしたものと見られる、との内容であった。

私はハンマーで頭をぶん殴られたような衝撃を受けた。色んな想念が頭の中で火花となって炸裂し、これにどう対処してよいかわからず、気がついたら指の二箇所から血が流れていた。ビールのグラスを握り締めたためである。

まさかそんなことが……やっぱりほんとうなのか……しかしあの男に限って……。

マーキュロで手当てして少し落ち着くと、あの龍の刺青がくっきりと瞼に浮かんだ。それは、あの朝のように私に忠実な僕《しもべ》ではなく、怒りにたぎった真っ赤な目を私に向け裂けた口から火を噴こうとしていた。

あのとき私はのぼるをただ一喝したかっただけで半分は座興に過ぎなかったのだ。それがわからないほど石頭ののぼるとも思えないし、あれからもう四か月経っている。その間トラブルらしいこともなく経過したのだから、あれを自殺に結び付けて考えるのはこじつけというものだ。

だが考えてみると、自分はもう一年間作詞していない。二人の関係を覚られぬよう、必要なときしか会わないことにしているから、この一年で会ったのは湯河原行きのときだけである。これはそれまでの頻度とはあまりに落差が大きく、のぼるはだんだんと不安を募らせていったのだろう。そこへドラゴンの一撃を食らってがっくりきたということか。

どうも自分は安閑とし過ぎていたようだ。相手の立場を考えてこちらからなるだけ早く修復の手立てを講じるべきだったのだ。それをしなかったため、あのドラゴンは破滅の象徴のようにのぼるの頭に棲みつき彼を追い詰めていったにちがいない。

いや待てよ……と私は新しいコップにビールを注ぎながら考え直そうとした。仕事の行き詰まりといったってそれは私のことで、のぼる自身はそのあおりを受けるだけである。彼が行き詰まるとすれば経済上でのこと、ということになるが、たしかにこの一年新作は無いものの私の歌の人気は長続きする傾向がある。カラオケのリクエストだって上位十曲中二曲は常に入っている。だからのぼるが自殺するほど困窮状態にあったとは考えられない。

私はのぼるのおかっぱ頭、とっちゃん坊や的風貌を思い浮かべた。するとあの朝、刺青を見せられた動揺など少しも見せず、ヌーボーとした顔で飯を三杯ばくばく食っていたのを思い出した。私はやれやれと残るビールを飲み干した。

翌日の朝刊はテレビと同旨の自殺記事を掲載し、最後の作品となった「九月の雨」はこのたびの自殺を暗示しているようであるとコメントしているスポーツ紙もあった。

「紅いカンナに風が立つ　火のキスをしてそれきりで　麦わら帽は北へ北へ　黄のパラソルは西へ西へ　雨がぽつぽつ降りだして　夏が逝くなら雪になれ　しんしんしんと雪になれ」

「九月の雨」はここに持ち出すのも面映いほどの駄作であり、自殺を暗示しているなどといわれると、こちらが自殺したくなる。

三日後に築地本願寺で葬儀が行われた。五百人はゆうに超す参列者がホールに入りきらずコンクリートの境内に行列を作っていた。その中には芸能人の顔も多く見られ、私の偏見かもしれないが、どの顔も水を得た魚のように活き活きとしていた。もっともテレビカメラの前ではその表情が翳り、百年の知己を演じることになるわけだ。私は盛大な虚飾のドラマの中に、一人紛れ込んだ通行人になったような気がした。

夥しい数の菊と蘭にかこまれ、のぼるの遺影は屈託なく笑っていた。それは、コップの中に花を咲かせ芸者を喜ばせたときと同じ生地のままの顔であり、それがいま作詞家という虚像において弔われようとしているのだ。

一体のぼるは虚像のまま死んでいくことをどう思っていたのか。そんな偽りの姿で人間としての生を終わるのはとても耐えられないことではなかったか。

私は遺影を見ているのが辛くなり、目を伏せた。自分こそのぼるの虚像を作り出した張本人であり、それならばこのたびの死がそのこととどう関わるのかを検証し、無関係であることが明らかにならない限り、男としてのけじめをつけるべきではないか。

焼香を終え遺族の前へと歩を運んだ。のぼるの細君は八年前結婚披露宴で会って以来であり、華奢な体つきから理知的な印象を受けたものだが、目の前の寡婦はロシアの農婦のように逞しく、ほっそりと白鷺のようだった首はふくよかな下あごの肉と区別がつかなくなっていた。それを見て私は自然に微笑が浮かぶほどほっとし、隣の二人の息子の方に足を進めた。

兄は小学校二年生、弟は幼稚園の年長組で、二人とも眉の上で切り揃えたおかっぱ頭、揃いの紺のブレザーにグレーの半ズボンと、双子のようによく似ている。「起立」と号令をかけられたように手の指をぴんと立てかしこまった顔をしているが、ちょっと脇腹をつっつくと笑いだしそうで、父親のとぼけた顔にそっくりなのだった。

何か言葉をと思っていた私であるが、黙って頭を下げただけで前を離れた。なんで俺はのぼるをダミーになんか仕立てたんだろう。この子たちが真実を知ったらどんな気がするだろうと思うと、二人の顔をそれ以上見ていられなくなった。

瞼からにじみ出るもので急に視野が悪くなり、目をくしゃくしゃさせながらロビーの中程に来ると、会いたいと思っていた代議士の恩田五郎が近づいてきた。私は「玄関で待ってるぜ」と一方的に告げ、十分後に出てきた五郎とチェーン店の寿司屋に足を運んだ。ここ築地も、最近は大型の寿司屋が進出し、昼間は何時に行っても営業している。入ったのは晴海通りに面しガラス窓を大きくとった明るい店で、カウンターの数か所から「いらっしゃい」と威勢のよい声がかかった。

「先輩、喉が渇いたです」

「俺も渇いた。板さん、大きなグラスで水を二杯くれ」

まったくー、と五郎は文句をいいそうになったが私には歯向かえない立場にある。大学の二年後輩であること、私に歌唱指導を受けていること、スキャンダルの揉み消しを私にさせたことなどである。

「なあゴローちゃん、のぼるの自殺だけど、何か思い当たることあるかね」

私は先ずカッパ巻きを頼んでから用件に入った。

五郎はのぼるとは高校の二年先輩であり、秘書会で遊説行脚したりして私よりうんと親しい。のぼるのボスが落選し失業したときも五郎が就職口を探し回り、私の所にも頼みに来た。「俺の力じゃいい就職先はなあ」と遠まわしに断ったが、気落ちした五郎の顔を見て「まあ考えておくよ」と続けたそのとき、私ははたと思いついたのだった。そうそう作詞家のダミーという仕事に向いているかもしれないと。

「先輩、大トロとかウニとか、食ってもいいですか」

「ゴロー、俺の質問に答えていないな。自殺に心当たりはあるかと訊いてるんだ」

「それがよくわからんです。あいつ図太いのか気が弱いのか」

「何かエピソードを話してくれよ。彼の人柄を物語るような」

「大トロ食ったら、何か思い出すかもしれんです」

「あれはいかんです。血のめぐりを悪くするです」

「まったくー」

五郎は文句をいいながら背の青いものを二十個ほど食べ、その間に二つのエピソードを披露してくれた。

一つはのぼるがボスの代わりに選挙運動の前線に立った話で、ボスは重病、第一秘書は老体という事情から第二秘書にお鉢が回ってきたのである。彼は貯金をはたいて背広五着と靴五足を買いこみ選挙区に乗り込んだ。ここは東北の農村地帯だからスマートな振舞は受けないと考えた彼は、水を張った田んぼであろうと悪臭天をつく豚舎であろうとお構いなくずかずかと入り込み握手を求めた。夜は夜で、演説のしめくくりにシルクハットから万国旗を繰り出して見せ、その旗にはボスばかりか自分の名もちゃっかり記していたという。ライバルの地盤に入ると、戸別訪問は警察にさされる危険があるから一計を案じた。日の丸の鉢巻に「憂国」と大書した幟を持ち、玄関を開けると「失礼します。私は国を愛し国の将来を憂えるものです」といって君が代を歌い、終わると一礼をして出て行く。そうして、夜、隠れ斉藤派の一人に村の各戸に電話させ「今日、変な男が来て君が代を歌ったろう。あれ、斉藤重吉の秘書だってよ。なかなかやるもんだ」といわせるのである。まさに八面六臂、体当たりの活躍ぶりであったが、蓋を開けたらボスは五千票の差で落選していた。元大蔵官僚で殿様顔、選挙運動も牛車の行列のように悠長なのが斉藤流だったから、有権者は面食らったのである。

エピソードの二つ目はさらにずっと前、のぼるが秘書になって二年目頃のことである。秘書団で北陸へ遊説に行き、日程を終えて五郎とのぼるはレンタカーで能登へドライブに出かけた。季節は九月初め、海原はあくまでも青く、真直ぐな渚に波が銀色に砕けるのを見て五郎は無性に泳ぎたくなった。運転をしていたのぼるにストップを命じ、外に出ると遮るものとてない砂浜でズボンを脱ぎはじめた。

「のぼる、お前も脱げよ」

自分はさっさとパンツ一つになりのぼるを急かせると、「先輩、パンツの替えがないんです」と情けなそうに首を振り、よろよろと二、三歩あるき砂にへたりこんだ。

「パンツが何だ、フリチンでいこう」

五郎は潔くパンツも脱ぎ、その恰好でじっとしてもいられないから先に海に入った。のぼるも当然ついてくると考えたのが間違いで、五郎がひと泳ぎして戻ると、膝を抱き背を丸くしたのぼるが恨めしそうに五郎を見た。

「気持いいぞ。どうして泳がないんだ」

「おれ、おれ、泳げないんだ。高校時代プールに放りこまれたけど、おれの体浮かばないんだ」

これは重症だわ、もう泳ぎの話はやめようと決め、五郎はまた海に入った。前より沖に出ると足に当たるものがあり、それを両足で挟み仰向けに浮かびながら手に取ると、大きな蛤だった。五郎は浜に駆け戻り「ほら、これを見ろよ。さあ貝取りをしよう」とのぼるの手をぐいと引っ張った。するとのぼるは「いやだいやだ」と駄々っ子のように全身で抵抗するのだった。

その夜は金沢に泊ることにして、当てずっぽうに香林坊の小料理屋に入り、持参した一個の蛤でお汁を作ってもらった。どうせ断ると思って「食ってみるか」といってみたら案に相違して「いただきます」という返事である。それを、「うまいうまい」とのぼるは口に運んでいたが、突然涙声になり「おれ、蛤一つ取れない人間なんだ。おれ、おれ、童貞なんです」と意外なことを告白に及んだ。なんでも、ある小説を読んでたら、男の下半身の日焼けと股間の白い部分のコントラストが女を淫らな気持にさせたというくだりがあり、それにぶちのめされたのだそうだ。自分のこの生っちろい体はどうだ、これじゃとうてい女を抱いて喜ばせることなど出来ないとがっくりし、以来インポ同然だというのだ。

「お前、それ、考え過ぎだよ」と五郎が慰めると、「おれは五郎さんに会いたくなんかなかった。あんたはオリンピックに出るほどの泳ぎの名手だし、だからおれとちがって演説もうまいんだ」と反発する。

「おいおい、泳ぎと演説は無関係だと思うがねぇ」

「俺は国連総会で演説することをときどき想像するんだ。するとその帰途ハワイに立ち寄ることが頭に浮かび、随行の連中がワイキキで泳ぎに興じているのが目に映る。その中で俺一人、俺一人が膝を抱えて浜辺にうずくまっているんですよ。それを思うと国連演説まで目茶苦茶になってしまう」

「わからん、ほんとにわからんやつです」

五郎は霞のたなびく眉にちょっとしわを寄せ、「慶さん」とかしこまった口調になった。

「彼はほんとに作詞家だったんでしょうかね。あいつ、その方の才能があると思いますか。あいつ、かなり無理してたんじゃないですか。あれぐらい名が知れると仕事変えるのも難しいし、辛かったろうな」

私は胸を強く衝かれ、一言も発することが出来なかった。ひょっとして、のぼるはダミーであることに耐えられなくなっていたのではあるまいか。それが彼の行き詰まりではなかろうか。

いったい、どうすればいいのか。自分はどうすればいいのか。

親父に似た二人の息子の顔が瞼を掠め、私は何とかしなければと胸の中で何度も繰り返した。

しかし、無力で文無しの自分に何が出来るだろう。

5. 雨の夜の大観覧車

のぼるのことを考え鬱々としているところへ右翼の巨魁から電話がかかってきた。

「国家の大事だ。至急来てくれんか」

私は気分転換にと、早速世田谷の天田邸に車を走らせた。

例のとおりスキンヘッド、作務衣姿の若者に案内されて三階まで来ると、私はうっと息を呑み立ちすくんだ。撞球台もコの字のソファも取っ払われ、真ん中に木製のピンクの物体が一つ、傍らに同じ色のTシャツ、ショーツ姿の巨魁がにっこり笑って立っていた。

「天田さん、そこの変てこな物、何ですか」

「失礼な。機関車だよ。世に大日本維新号と呼ばれておるよ」

近寄ってみると、この機関車、ピストンは絵で代用されているし、走るレールも持たないようだ。

私が笑いをこらえていると、天田はムキになったのかこれに乗り込み、発車の汽笛を鳴らしてみせた。ピーピーと何とも情けない音を出すが、私は「了解」と大声で応えた。

「瀧川君、この機関車はねぇ、世界に一つしかない性能をもってるんだぜ。何だと思う」

「メカは苦手なんです。しかしこれが国家の大事に関わるとは思えませんが」

「これに乗って鉄道唱歌を歌うとタイムスリップして会いたい人物に会うことが出来る。それがこの機関車の世界に類例を見ない性能なんだ」

いいながら天田はバーカウンターまで列車を走らせ、降りて一冊の本を持ってきた。

「これ、鉄道唱歌東海道篇だ。君、一番から歌ってくれ。私はこの厭な時代から遠ざかることにする」

本を見てびっくりした。新橋を発車して神戸の先まで六十六番もあるのだ。私は少々うんざりしたが、巨魁がどんな人物に会いたいのか興味をそそられ歌いだした。

「汽笛一声新橋を　はや我汽車は離れたり」

「ストップストップ、忘れ物だ。肝心のピストルを持ってこなかった」

「ピストル？　それで誰を殺《や》るんですか」

「君、暗殺者が事前にそれを漏らすと思うか。余計なことは聞くな」

巨魁は一旦機関車を降り、バーカウンターのくぐりを入り、すぐに出てきた。半ズボンのポケットに右手を入れ、中から二本の指を突き立てている。これが天田式ピストルなのだ。

私は一番二番を歌い、品川に差しかかった。

「窓より近く品川の　台場も見えて波白く」

「ストップストップ。時計もストップ。いやいや時計は逆に巻いて巻いて今日は明治九年九月半ばの夜である」

「何ですか、何が起こったのですか」

「この夜、後の海軍大将山本権兵衛が品川遊郭からトキという十七歳の遊女を救い出したのだ。海軍の少尉補仲間八人の力を得て築地の兵学校からカッターを借用し自らはコックスとして品川へ漕ぎ出した。やがて妓楼の灯が近づき、前進微速のカッターがついに接岸すると、客を装いトキさんを敵娼《あいかた》に呼んでいた権兵衛の弟が彼女を抱えて走ってきた。それを権兵衛が両手に受けとめ、同時にカッターは全速力で品川を遠ざかった。この遊女トキさんこそ権兵衛が生涯の伴侶としていつくしんだ登喜子夫人その人である」

淡々と、静かな口調で語る巨魁の目がしだいにうるんできた。そこにその夜の品川の灯を映し、懐かしんでいるとでもいうように。

鉄道唱歌の四番は大森、川崎であり、五番は「鶴見神奈川あとにして、ゆけば横浜ステーション」となる。私は鶴見神奈川のところで歌をやめ天田に話しかけた。

「横浜で下車して、昭和二十二年にタイムスリップしてみませんか」

「何か面白いことでもあるのかね」

「美空ひばりという天才少女歌手が出現したのです」

「童謡歌手かね」

「あの子は童謡なんか歌いません、流行歌です」

「子供が流行歌を歌うのか、それは怪しからんな」

「まあそういわずに一度会ってやってくれませんか」

「この私が、何のために」

「これは将来大変な大物になります。天田さんほどの人物でなけりゃ後援会長が務まらないような大歌手にね」

「そうか、そういうことなら私より適任がいるから紹介しよう」

「そんな人物、この日本にいるんですか」

「いるよ、神戸にな。タオカというゴツいのがね」

足踏式木製機関車は五十畳のフロアいっぱいに、機関手の口から蒸気を吐き出しながら走り続ける。

十九番の「世にも名高き興津鯛　鐘の音ひびく清見寺」の直前、巨魁は「ストップ」と号令をかけて機関車を降りてきた。その目が急に鋭くなった。

「今より西園寺公の坐漁荘に行く。君には荷が重いだろうが西園寺公望をやってくれ」

急にいわれてもこの人については政友会総裁、リベラリスト、最後の元老ぐらいしか私の知識にはない。要は天田が演じる何者かと敵対する大物をやれということか。

「やりましょう。そのかわり自由にやらせてもらいます」

時は昭和八年正月、ことのほか暖かな日で、公はベランダの籐椅子に腰かけて雨に煙る駿河湾を眺めていた。齢八十四歳。

天田がそう状況説明をするや、私、西園寺公望はこう切り出した。

「ようお出でくださった。ここまでは歩いてきなさったのか」

「はあ、駅からてくてくとね。自分の用で来るのに公爵の車を貸してくれというほど図々しくはありません」

「その恰好ではくたびれたでしょう。ズボンの右ポケットが重そうだもの。あなた、そこに何を入れてるのです」

「はあ、こ、これは……正直にいいましょう。場合によっては公に向けられることもある拳銃です」

「なんやピストルですかいな。私はまたあなたの股間のものかと思うて、羨ましいやらこちらが惨めやらで」

「公、真面目に話されるがよろしいぞ。こちらの意見が容れられなければこの拳銃に物を言わせます」

「おおこわ。そんなに力んだらピストルが先に暴発してしまうわ。まあ、ともかくあなたの要求とやらを聞きましょうか」

天田一星すなわち憂国の士、はじかれたように椅子より立つと、眼光炯々、公爵を凝視し一気にまくし立てた――と巨魁がこの場の状況を説明する。

「現下の世界情勢はまことに憂慮すべきものがある。欧米列強は平和主義を標榜するが、これはもっぱら自国の権益を守る方便に過ぎず彼らは悪辣非道な手段を用いて資源の豊富なる土地を侵奪してきた。かかる列強の専横、利己主義を断固糾弾するため、この二月、国際連盟総会において松岡代表が脱退を宣言せんとするは当然の仕儀であります。そうではありませんか、西園寺公爵」

私、西園寺公望は大きくうなずき、「脱退を諒とする文書を書きましょう」といってニヤリと笑った。

巨魁は「き、きみ」と何かいいかけたものの、自由に西園寺公をやらせると約束した手前、「それじゃ公、文書を」と不承不承いった。

「その前に乾杯しましょう」

西園寺公はパンパンと手を叩き執事を呼び、スコッチウイスキーとグラスを持ってこさせる
——とここの場は私が状況説明をする。

「連盟脱退を祝し、乾杯」

公が一気にグラスを空けるのを見て相手もそれに倣う。

「この酒は英国秘密情報部に作らせたもので特殊な効能があります。天田さんとやら、もうすぐ体が痺れてきますよ。この酒にはチンコロリンという毒薬が入っているのです」

天田は、いまさら私を役から下ろすわけにもいかず、苦りきった顔をしてみせた。

「しかし西園寺公、あなたも死ぬことになりますな」

「私は死にやしませんよ。アンチコロリンという解毒剤を持っていますから」

「公、お願いです。私にもそれを分けてください」

「ええええ、いくらでもあげますよ。ただしこのアンチコロリンは毒薬より先に飲まないと効か

ないのです。私はさっき、玄関の大声を聞いてすぐ服用しましたがな」

「瀧川君、君は悪いやつだ。純情な私をまたまたからかったな」

私は黙って一礼し、二〇番を歌いだした。

「三保の松原田子の浦　さかさにうつる富士の嶺を……。天田さん、ぼくは疲れました。そろそろ国家の大事に話をうつしましょう」

「そうするか、京都へ行きたかったんだがなあ」

「京都？　あそこで何をするんです」

「片岡千恵蔵に会うのだ」

「千恵蔵は名前ぐらい知っております」

「君、七つの顔を持つ男を知らんのか。ある時は多羅尾伴内、ある時は片目の魔王、またある時は香港丸の船員」

「その千恵蔵さんにはどんな用事があるんです」

「千恵さんが曲馬団の魔王をやったとき、ハンチングと眼帯を貸してやったのさ」

「なんでまたそんな物を貸したんです」

「これは私が実際に使用して九州の悪党を懲らしめたことがある縁起よい品だからさ」

「いまさらそんな物、返してもらってどうするのです？」

「鉄道唱歌で次回は神戸まで行こう。そして曲馬団の魔王の恰好で、あのゴツいタオカをびっくりさせてやろう」

私は首を左右に振り、もうあなたにはついてゆけぬとうったえた。

「保守党の幹事長大館三郎のスキャンダルを作ってもらいたい。やれるのは君だけだ。このとおりだ」

やにわに巨魁は四つん這いになり床に頭をこすりつけた。

「駄目です。そういう仕事はお断りです」

私はぴしっと言い返した。

「あの男はこのままだと総理総裁になる。しかしあの男の体質は冷血でマキアヴェリストだよ。邦家のためにならんのだ。瀧川君、総理を作ることも大事業だが、こういう男を総理にしないのも大事業じゃないか、そう思うだろう」

「まあどちらにせよ、スキャンダルを創造するなんて不可能ですよ。たとえば女のスキャンダルを作るにしても、大館の好みの女性のタイプがわからないし、わかっても探すのが難しい。たとえ見つかったとしても、こちらの指示どおり動くよう手なずけるのが難しい。それに女が寝返るとこちら側のスキャンダルになりますよ」

私は徹頭徹尾、頑なに巨魁の依頼を拒みつづけた。

巨魁は傷つき挫折したライオンのように頭を垂れ私の拒絶を聞いていた。総髪が額の前で乱れ、そのまま突っ伏してしまうように見えたがふいに顔を上げ、私を睨み据えた。私はいま九州の悪党の立場にあるらしいがそれでも首を縦に振らなかった。

巨魁のまなざしがふーっと和んだ。老ライオンは敏捷に立ち上がるとその手を私の肩に優しく置いた。

「瀧川君、この件は至急着手してもらいたい。成功すれば君はもう一年あの島へ行くことになるだろう。むろん君がノーといえばそれまでだがね。じつは昨夜、わがブルーの薔薇に確かな信号の受信があってね。ことはすでに動き出しているんだな」

私はこの一言でたちまちマシュマロのように軟化した。もう一年あの島へ行けるというのなら水火も辞しはしないだろう。

私は三晩考えた末、既成の観念から脱出することが出来た。そうだ、スキャンダルが喜劇的であってもよいわけで、大館三郎の女がじつは男であってもいいのである。後で相手が男だったとわかればこの謀略劇から暗さを払拭することも出来るだろう。そうだ、これをあの美青年の早見薫に頼んでみよう。彼だったら私と同じように突飛なこと大好き人間だからたぶん引き受けてくれるだろう。

——一年前の初秋、横浜の中華街。相も変らぬ原色大合唱の街を私は修学旅行生に混ざり歩いていた。広い道路と交差する四つ角に来て、私はふと足をとめた。何気なく視線を上げたとき空中高く茶色の粒が見え、それが垂直に落下して女の後姿に遮られた。

その女はボーイッシュな黒髪とクリーム色のうなじ、銀色のスラックスが尻にフィットしたすらりとした長身で、私は直感的にこんな想像をした。目は理知的でそのうえ情熱的、鼻はいくらかつんとしていて微笑むとそこにセクシーな靄が漂う。額はやや広く聡明に輝き、声はアルトより低く魔性の沼のさざなみのような響きを持つ。

私は女の前に回り、その外貌が私の想像と寸分たがわないのにびっくりし、彼女の振舞いがおよその美形にそぐわないのを見て、二度びっくりした。

女は店頭販売の甘栗の試食用を取り、それを放り上げて口でキャッチするというパフォーマンスをやっているのだった。栗は女の頭上二メートルの高さに投げられ女はフットワークを使わずそれをキャッチし、そのたびに見物の輪から拍手が湧き起こった。

このような場に出くわして観客のままでいられないのが私の性分である。私は自分にもやらせろとパントマイムで女に申し出た。「どうぞ」という言葉を、彼女は手ぶりで示し舞台を空け、皿の甘栗を取り私に渡してくれた。

「投げるコツを教えてくれませんか」

「無心になること、ただそれだけです」

「失敗したら、この世界から潔く身を退くよ」

「わたし、栗の皮むいて上げます。あなたの成功を祈って」

キスするように息をふきかけ女がむいてくれた栗を受け取ると、私は肩の力を抜いて放り上げ、あごが外れるほど大きく口を開けた。コントロールはまずまずながら捕球が下手くそだったようだ。頭上一・五メートル上がった栗は垂直に落下し、私の口中に一度おさまったと思うや、前歯に当たり外へ飛び出したのだ。

私の引退はこれで決まりである。私は大きく開いた口を閉じ、その場を去ろうとした。と、その瞬間、周りの修学旅行生から拍手と歓声が湧き起こった。栗が地上に落ちる寸前に彼女が手ですくいキャッチしたのである。

「この栗、どうします？」

「あなたがつかんだのだから、あなたのものです」

「でも、半分はあなたに権利があるような気もします。一度口に入ったのだから」

「これはわれわれの共有？」

「でも、きっちり半分に割るのは難しい」

「どうするか、とっくり一緒に考えよう。秋の夜は長い」

私たちの足は中華街を出て自然、海の方に向かい、氷川丸近くの岸壁のベンチに坐り、こんな会話をした。

「さっきのパフォーマンス見事だったけど、君は大道芸のプロ？」

「いいえ、あれはコンプレックスのなせるわざです。わたし、高所恐怖症なんです。そのわたしの身代わりに甘栗が高く高く上がってくれるんです」

「高所恐怖症のため月に帰れなくなったかぐや姫の話を聞いたことがある。あの美女かぐや姫が君だったんだね」

「美女という言葉はわたしにはふさわしくありません」

「高い所、小さいときから嫌いなの」

「いいえ、柿の木にも栗の木にも登ったけど落っこちたことはありません」

「僕の初恋の子も柿泥棒のお転婆娘だった」

「お転婆という言葉はわたしには当てはまりません」

「ともかく、その病気を治さなくっちゃね」

「あなた、治してくれます？」

「あの、のっぽのホテルの最上階にバーがあるよ」

「ダメダメ、あそこのバーを雲が包んでくれたらべつですけどね」

　この日はよく晴れていてあのバーの周りに雲が湧いてくれるとも思えなかった。それでも天に向かって雲乞いなどをしているうちに暮色が濃くなり、氷川丸の灯が輝かしくなった。今日もあの船、なかなか尻を上げそうにないので、こちらが先に錨をあげた。

　公園を出ると、ぎざぎざの銀杏の木の上に笹舟のような蒼い月が浮かんでいた。私たちは月に向かって歩き、元町に出た。

　いつもどおり霧笛楼を素通りした私は一本裏の路地にネオンのおとなしいバーを見つけた。カウンターとテーブル席が二つの店で、初老の夫婦らしい二人に静かな微笑で迎えられ、私たちはカウンターに腰を下ろした。左右の壁に外国俳優のブロマイドが貼ってあり、古いモノクロ写真なのにどれも目が活きている。ゲーリー・クーパー、マリリン・モンロー、ジェームス・ディーンと目が移り、いちばん隅で私は「あれっ」と思った。

「あれだ、あれだ、君は」

　女に会ってから、誰かに似ていると思いつつ名が出てこなかった相手がそこにいた。

「ジーン・セバーグだ、君はセバーグだ」

「わたしがあの人に、あの人のどこに？」

「すべて似てるよ。たぶんセバーグも高い所が苦手だったはずだ」

私たちはスモークサーモン、生ハム、ポテトサラダをとり、ビール半ダースを同じペースで空にした。

少し酔ったのか女の目はセバーグよりも優しく、やや斜視の、夢見がちといった風情になり、髪の生え際の濡れた感じがいっそう濃くなった。

「ウイスキーにしようか」

「オンザロックでね」

私はマスターに大声で注文した。

「ところで栗芸人のお嬢さん、後学のためにその器用な指を見せてください」

女は素直に右手を差し出した。私はそれを左手で受け、しげしげと観察した。長く、ぴんと真直ぐに伸びた指だが、何か鋭利な感じがする。

「この指に関係することで、一つ相談があるのですけど」

女はあらたまった口調でいって、私から手を離した。私はちょっとむっとして突き放すようにいった。

「それで相談とは」

「猫です。猫はどんな夢を見るのかしら」

「それが君の指とどんな関係がある」

「絵本やカードから絵が飛び出すの、ご存じでしょ。わたしあれのデザイナーなんです」

「あっそうか。猫の夢を絵から飛び出させるんだね。それなら竹久夢二はどうだろう。黒猫が黄八丈の女の夢を見て、黄八丈がだんだん肩からすべり落ちてゆく」

「わたしの未熟な技術じゃ、着物はするっと脱げちゃいます。そんなことより、この栗、どうします。マスターに半分に切ってもらいます？」

どこから取り出したのか、例の甘栗がペーパーナプキンの上に置かれていた。

「それは僕が食べる。ただしその前に、君の舌に転がしてもらいたい」

「いいわ。それは一線を越えること。あなた、覚悟は出来てますね」

「そ、それは十分に」

それから数秒後、鼈甲色に濡れたひと粒が女の指から私の唇に移された。私はそれを舌にのせ、夜に向かって出航した気分になった。まだ宵の口で、時間はたっぷりあった。

しばらくして私はトイレに立ち、こんなことを考えながら戻ってきた。黄八丈か……黄八丈の女に徹底した肉体改造をほどこしキュートにしたのがあの女というわけか……。

だがあの女はもういなかった。勘定は払われ、コースターの裏に走り書きが残されていた。

「ごめんなさい。私に対し、美女、お転婆の語を使うのは誤りです。私はあなたと同じ性なのですから。よく女に間違われ、そのつどそれを愉しむのが私の悪い癖。今度偶然にお会いしたら同性として愛を語りたいです。早見薫」

神の引き合わせか、偶然が一か月後にやってきた。

谷戸の木々が黄ばみはじめ、土の濡れた匂いが寂莫を感じさせる十月末の鎌倉。私は久し振りで断食道場に来ていた。浄土真宗の小さな寺がその道場で、私はたまに体内のアルコールを抜きに来るのである。丈高い雑木に囲まれた窪地にあるこの寺は夏冬は快適といえないけれど、なにしろ閑寂である。そのうえ私語厳禁、テレビはなし、仏典以外の本は読めないので少しは娑婆っ気が抜ける。

その日は三日目であった。断食も三日目になると、何故自分がここにいるのかなどと、人は考えなくなる。

本堂の広縁に立て膝をしてぼんやり庭を眺めていると、目の前に牡丹餅の行列が現れた。牡丹餅はみんな笑って私の前を通り過ぎ、その列は途切れなく続いてゆく。もしこれがスロットマシンならば私は大金持ちである。

こんなまぼろしを見るのは午前の住職講話のせいかもしれない。「牡丹餅から見た末世」というタイトルであったが、講話の中に一度も牡丹餅を登場させなかったから、私が食ったのは肩すかしというわけだ。まあ、住職の講話はいつもこんな調子であり、「闇夜に猛犬に会う」のタイトルのときも住職の闇夜には猛犬は出てこず、迷える子羊の群が浄土の光と一つになるのを真摯に説くのであった。

牡丹餅が消えて、一瞬かあるいは数分私は眠ったらしい。風のざわめき木のそよぎ、そんな気配で目を開けると、葉の落ちた橡《とち》の下に女がひとり立っていた。木洩れ日の中、亜麻色をおびたその顔を見て直感的にこう思った。この女はどこかの修道院の尼僧で、ワインと鶉の蒸し焼きを陣中見舞いに持ってきてくれたのだと。

女は片手でガラスを磨くような仕草を何度かし、私の眼球の曇りを払ってくれた。

「あっ、あっ、君は、あの甘栗の、甘栗の」

私はよろけながら立ち上がり、鬼界島の俊寛よりも哀れっぽく手を差し出した。

「わあ、会えたんだ、会えたんだ、これほんとう？　ほんとう？」

早見薫が駆け寄り、背伸びして私に抱きつこうとした。

「黙らっしゃい。私語は慎みなさい。ナムアミダブツナムアミダブツ」

右手の渡り廊下から住職の大音声が発せられ、抱擁寸前に私たちはただの断食修行者にもどされた。それでも住職は音声なしの会話までやめろとはいわなかった。

パントマイムで会話したところでは、薫はここは二度目で、男を見る自分の淫らな目を浄化するために来るのだそうだ。

夕方五時、七分粥と梅干の食事を済ませると辺りは暗くなった。断食修行者の寝室は本堂があてられている。ここは三十畳ほどの広さがあり、各自が自由に布団を敷くきまりである。私は東の隅に、他の二組は中央に敷き、成り行きを見ていた薫は私とすれすれに自分の布団を敷いた。

「これはあまりに近過ぎる。二メートルは離されよ」

「あなた、あっちを気にしてるのね。見てて御覧なさい。すぐにコトンと寝てしまうから」

「外聞とかそういう問題じゃない」

「わたしたちってそんなに水臭い仲？　甘栗の濡れた味、もう忘れたの」

「しかし、これじゃ一つの布団で寝るのと変らないよ」

「それこそ望むところよ。ベルリンに壁を設けて人類は幸福になりましたか」

こういう会話もむろん無言でやるのであり、ベルリンをわからせるため、薫はちょび髭の総統が拳を振り上げてアジ演説をぶつシーンを演じて見せた。

薫はかなり抵抗したものの結局一メートル布団を離し私を安心させ、同時に何か物足りない思いも味わわせた。

こんなことがあって、私と早見薫は二月とは置かず会って飲む間柄となった。薫は気の利いた肴を出す呑み屋を探す天才であり、私たちは夕方早く会い、ゆっくりとしたテンポで小料理屋、静かな地下酒場へと歩みをすすめるのだった。私たちにはたっぷりと夜の時間があり、男と男が愛を語るときの近づきつつある予感がないではなかったが、いつも何か邪魔が入った。ブラームスの間奏曲イ長調はグールドがよいかアファナシェフがよいかで議論が白熱し夜明けの屋台でも決着がつかなかったり、六本木の裏路地で目をやんだ捨て猫を発見しタクシーで夜間診療の獣医を探し回ったこともある（この猫はいま薫に飼われて丸々と肥り「かの子」と呼ばれている）。

不思議な関係である。年下の友人に対する親愛の情とそれを越えた隠微な思い、そのくせずっと友達であり続けたいという願望が微妙に絡み合っている。

その早見薫に保守党幹事長を誘惑する役目を引き受けさせることが出来るだろうか。突飛なことと大好きな薫だから受けるかもしれないが、それはそれで気が重いことである。あの島へもう一年通いたいという手前勝手な願望を隠しているのだから。

私たちはみなとみらい線の元町・中華街駅の元町出口で落ち合った。初めて会ってからもう一年になる、という多少の感傷から横浜に誘われたと薫は感じたかもしれないが、これは冷厳な作戦であり、横浜でなければならないのだ。

薫は珍しくネクタイをつけ渋い茶の背広に身を包み、階段を二段飛びに上がってきた。

「君がそんな恰好をするから雨が降りだした」

「頭、気がつかなかった？」

だいぶ長くなった髪を真中で分けて油をつけ、それが黒々として生え際を濃く見せていた。

霧状の細かい雨の中、私たちは商店街へと歩きだした。薫の手が私の左腕をつかみ、温かい小粒の雨を気にもせず私たちはゆっくりと歩いた。

「何か買物をしよう」

アーケードの下を一軒一軒覗いてみるが私も薫も欲しい物がなく、ただの思いつきで「そうだ、近いうちに海外旅行に行こう」と薫を促し鞄店に入った。

「どちらかにご旅行ですか」

三代目なのか四代目なのか、人の良さそうな目の細い青年が応対に出てきた。私は口から出まかせをいった。

「僕たち、カンヌからちょっと離れた漁港に行って、一月ほど滞在するんだ」

「このひと早起きでね、日課の散歩をしていると突堤の先で、とてつもなく大きな白猫と出会うの。やあ、君はどこから来たんだい。教えるもんか、そんなこと。それよりあんた、きのうの夜はどうだった。あの女、すっごくいいんじゃないのかい」

「僕と猫はそんな下品な会話はしない。宇宙はいくつの範疇から出来ているかを議論するんだ」

「あなたが九時に戻って来ると、わたしはいうの。ねえあなた、もう一度眠ったら。わたしの体、まだ夜よ」

「お客さん、もう閉店でございます」

三代目か四代目が泣きそうな顔をしていった。

私たちは、今日も霧笛楼は素通りして例のネオンのおとなしいバーに入った。私は予約してあったように奥のテーブル席に直行し、ビールとチーズとピクルスを注文した。

乾杯をするとたちまち私は燃えたぎる憂国の士と化した。天田一星の言をそのまま薫にぶつけ、国家存亡の危機を救うためきみの助力が必要だと説得した。

「面白い！　やってみたい。大義名分なんかどうでもいいんです」

薫は、悪戯を仕掛ける子猫の目で私を見つめ「女装か、ぞくぞくするわ」と声の調子を上げた。

ねぇ慶さんも相談に乗ってくださいよ、スカートはタイトなのがいいかしら、ハイヒールの高さって何センチ、下着はやっぱり黒のレースかなあ。

「そうだ、いまから買いに行こう。慶さんついて来てくれるよね」

「もちろん行くよ。すぐ行こう」

私は立ち上がり、「勘定を」といおうとした。

「ちょっと待って。今日のわたし、調子よすぎると思わない？　わたしお国のためとか陰謀とかは大嫌い。慶さん、わたしを見損なっちゃいけないよ」

「いや、薫ちゃん、そこを枉《ま》げてやってくれないか、僕を助けると思って」

「ダメなものはダメ、絶対にダメ」

「君、海外旅行はどうなんだ」

「行くわよ。それとこれはまったく別の話でしょ。それともあなた、旅行でわたしを釣るつもりだったの？」

「いや、そうじゃない、そうじゃない。しかしカンヌに行くにしても、飛行機、だいじょうぶかな」

「ダメ、飛行機はダメ、船よ豪華船よ」

「船といってもね、クィーン・エリザベス二世号のブリッジから下を見れば君は目を回すだろうよ」

「じゃあどうすればいいの」

「訓練するのさ。少しずつ高所に慣れること。そのてんコスモクロック21はゆっくりゆっくり上昇してゆくから最適さ」

「何よそれ？」

「みなとみらいの大観覧車さ。一周十五分しかない。一周以上乗る人間はまずいない。今夜は雨で外もあまり見えない。歌の文句じゃないが、もってこいの夜だよ、高所恐怖症の人間には」

薫は熟考すること数十秒、毅然と顔を上げ頭を下げた。

「よろしく指南お願いします。でも慶さん気をつけなよ、観覧車は密室だからね」

観覧車は九時で終わりである。最終の発車時刻を見計らって店を出てタクシーを拾った。

切符売り場には二人の人間がいて、そのうちのダークスーツを着た男が支配人であるらしい。

私は薫に気づかれぬよう入場料に重ねて名刺を差し出した。さすがに雨の夜のこの時刻に宙に浮かぼうとする人間は他にいない。

八時四十五分、私たちはやたらと外の見える鳥籠の人となった。薫は当然のように私に密着して座ろうとする。

「きみはあっち」と私はいった。「片方に二人座ると転覆するおそれがある」

すでに薫の頬は青くこわばっていた。かくいう私にしてからがじつは高所が苦手なのだ。

「薫ちゃん、こういう風に籠を揺すらないでくれよ、こういう風に」

座ったまま腰を動かしてみると、予想外に揺れが大きく感じられぞっとした。

「ご覧よ、あの玩具箱みたいな建物がビックリハウス、向こうのあれがほら蛸の足がくねくねと上下するやつだよ。だいたいあんなものに乗るやつの気が知れんな。ま、これも同じようなものだけど」

薫は無言である。

眼下の遊園地のピンクや黄の遊具類、小さな島の中国風の東屋と橋、どれもこれも雨にかすみ入江の灯と混ざり合い、それがだんだん遠ざかる。

外から見るのとちがい中に居ると観覧車の速度は速い。もう五十メートルは上がったと思ったとき、私はいわずにはいられなかった。

「僕らはもう人間じゃない。鳥か雲か、はたまた紐の切れたアドバルーンか」

遠くうっすらとニューグランド、氷川丸が見え、その向こうにベイブリッジの灯が銀色に点綴されて流れてゆく。

「ほら、ベイブリッジをご覧よ。欄干を高下駄履いて歩いてるやつがいるよ。よく落ちないもんだ」

とうとう観覧車は頂点に来た。百メートル以上の高さである。目の前に帆の形をしたホテルと長方形のホテルがあり、客室の灯が手でつかめそうに近い。

「ひゃあー、高いな。あのホテルの屋上から身を乗り出して下を見るのとどちらが怖いかな」

言い終らぬうちに薫がこちらに転がり来て、ぴたりと私にくっついた。

「慶さんの意地悪。わたしもう外は見ないからね」

「だいじょうぶ。あとは下がるだけだからぜんぜん平気だよ。それで、幹事長の件だけど、考え直してもらえないかねぇ」

乗車時間が少なくなり脅しがきかなくなってからこんなことをいっても受け容れるわけがない。まあこれは枕詞みたいなものである。

観覧車がプラットホームに着き、薫が立ち上がった。係員が外からロックをはずしドアを開けてくれるはずだった。が、係員は来ず鳥籠はホームを素通りした。

「故障したのかな。停止装置に異常があったらしい……まあそのうち直るだろう……しかし直らなかったらどうしよう……停止装置が直っても、てっぺんでストップすることもありうるな」

　私はそんなことをつぶやき、震えだした薫の肩に腕を回し抱き寄せた。

「やめてよ。慶さん。これおかしいよ、偶然とは思えないよ」

「そうだ、これは俺が謀ったことだ。何が何でも君に引き受けてもらおうと思ってね」

　これは私が天田一星に頼んで仕組んだことなのだ。天田は私の作戦の内容を聞くこともなく、観覧車を終業より三十分動かすようここのオーナーに話をつけたのである。

　薫は私の腕を肩から引っ剝がし、元の席に戻った。

「幹事長の件、わたしが断ったらどうします？」

「夜通しここに居ることになるね」

「卑劣よ。あまりに卑劣過ぎて笑っちゃうわよ」

「俺を殴ってくれ、君の気が済むまで」

　薫は立ち上がり、足を踏ん張り、「えいっ」と気合を入れて私に往復びんたを食らわせた。容赦もないその二打はえらの骨にびーんとひびき、痛さのためか何のためか目から涙がこぼれた。

「あなた、そんなに幹事長を倒したいの？」

「そう、そうなんだ」

「報酬、もらうんじゃないでしょうね」

「そ、それはない。これは国のためだ」

　私はとっさに嘘をついた。目に涙が残っていなければ嘘はたちまち露見したことだろう。

「あなたを信じるわ。やりましょう、やりますとも。どっちにしてもカンヌには行くんですよ。約束できるわね」

「もちろんそのぐらいの費用は出させてもらうよ」

「バカ、割勘よ。何いってるの」

「猫のかの子も連れて行くのか」

「そうよ。慶さん、猫も毎晩抱いてやって」


翌日私は議員会館に恩田五郎を訪ねた。臨時国会が始まりあまり時間が取れないというので、委員会が終る五時頃から十五分を空けさせたのだが、乱闘でもない限り一年生議員は退屈で死にそうなのではないか。

奥の応接室兼執務室で待っていると、スポーツ刈りの元五輪選手が当時の倍ほどの体を押し出すように入ってきた。人間、しかるべき地位につくとそれなりの貫禄がつくもので、一日で千の法案を上げたような顔をしていた。

「五郎ちゃん、のぼるは参議院に出たがっていたんだって」

いきなり私は本題に入った。二月前ベンツの中で知り合った弁護士夫人がそんなことをいっていたのを昨晩思い出し、何かを暗示されたような気がしだしたのである。

「はあ、そうです。そのとおりです」

「なぜ葬儀で会ったときそれをいわなかった」

「慶さん、話題にしなかったですよ」

「あのな、ことはのぼるの自殺に関係あるかもしれないんだぞ。何かそれに関してトラブルはなかったか」

「新人が出馬しようとするとよく公認で揉めるです」

「この件をもっと詳しく調べてくれないか」

「慶さん、何のために調べるんです。そんなことに首を突っ込んでも、のぼるが浮かばれるわけじゃない」

「そんなことわかるもんか。ゴロー、やるのかやらないのかはっきりしてくれ」

「先輩、俺、政調で少子化問題とスポーツ省設置を担当して忙しいんだ。それに事前運動もやらなくちゃならんです」

「それだよ、それそれ。次回の集票作戦が一番大事だろうが。俺が降りるといったらどうする」

「脅かさんでください。でも先輩、その決め手の作戦を教えてくれないなんて、意地が悪いよ」

「いまはヴェールに包まれているその作戦で、恩田五郎の票は確実に三千票は増えるだろう。さて、本日依頼の件、頼んだぜ」

6．ソバカス娘に手をしばられる

恩田五郎にのぼるの件を依頼して二週間経った。連絡を入れてもなかなかつかまらず、やっと電話に出たと思ったらもう少し待ってくれという。「そうか、なるべく早くな」とだけいって電話を切ったが胸がざわざわして事務所にじっとしていられなくなった。どこへ行くあてもなくしばらく歩くうちにふとあの島に行きたくなり、その気持ちが抑えられなくなった。

そんな気紛れが災いしたのか、くだんの小公園で二十分待っても迎えの車は現れなかった。こんなことは初めてだから私はさらに十分待ち、ようやく夕子が娼婦であることに思い至った。そうか、今日は先客があるんだな、そりゃそうだ、こういうことが起こるのは当たり前じゃないか。「ご苦労さま」と私は自分に声をかけ、「当分行かないからな」と虚空の夕子に向かって宣言した。年甲斐もなく、初めて恋を知った少年のように僻《ひが》みっぽくなっていたのだろう。

翌日は小糠雨の降り続く陰鬱な日で、こんな日は尻が重たくなるほうなのに、またしても等々力に足を運んだ。

欅の大木の下、今日も迎えがないのではと傘で顔を隠していたら、間もなく傘にノックがあった。「どちらさまで」といって傘を上げると、中腰のムロウジ女史が「見いーつけた」といいたそうな顔で笑っていた。

今日の海坊主は煙管のあいだ一言も口を利かず、そのまま歌に入った。

「心が忘れたあのひとも膝が重さを憶えてる……憎い　恋しい　憎い　恋しい……」

これはたしか八代亜紀の歌で、未練ごころをからっと歌いパンチが利いていた。一方、海坊主のは何とも元気がなかった。

「雨々ふれふれ　もっとふれ　私のいいひとつれて来い　雨々ふれふれ　もっとふれ」

湿っぽいバスの声が陰々滅々とつづき、そのせいか煙管の効き方がいつもより遅く感じられた。島も十月なのか細い切れ切れの雨が降り、入江の暗い水面にギザギザの波が立っていた。

頭上を見るとベンチの上だけにテントが張られ、その柱にこうもり傘が立てかけてあった。少しすると左の木立から妙なものが近づいてきた。頭にプラスチック製のフードをかぶったカフカで、ピンクの鼻先がちょこんと覗いている。

「そこの傘、使いなよ」

一言いって、カフカは先に歩きだした。その後姿を見ていると、犬もまた苦難の生を生きているようで、こちらまで粛然とさせられた。

「ミスター・カフカ、君はよほど雨が嫌いなんだね」

「ちがうよ。雨が好きなんだ、雨の音が」

「それじゃ、そのへんちくりんな帽子、かぶらないほうがいいんじゃないかい」

「フードに響く音がいいんだ。聖ロレンス教会のパイプオルガンを、ヘルムート・ヴァルヒャに弾かせるとこういう音になる」

峠を越えると急に雨脚が速くなった。そこにあった絵葉書のような風景は消え、街もヨットも彼方の山並もどれもが鈍色に霞んでいた。坂を下って道が平坦になると、カフカは足をとめ後ろを振り向いた。

「しばらくこちらを見ないでくれ」

私は命令に従い目をつむり、そのかわり耳を澄ませた。雨音が激しいせいか、棕櫚の根に跳ねかえるそれらしい音は聞こえなかった。目を開けると、いつ来たのか右の前方にミニのパトカーがおり、前に会った婦人警官が目をくるくるさせて降りてきた。

「カフカ、そこで何をしていたの？」

警官は身を屈め、フードを覗きながら職務質問をした。

「俺、何もしてないよ。小便なんかしてないもんね」

「うそ、してたでしょ。正直に白状すれば逮捕されないで済みます」

「しないったらしない。俺の後ろに証人がいる」

警官は立ち上がり、両手を腰にあてがい私の前に立ちふさがった。むかし女先生に叱られたとき、このスタイルを見たことがある。

「警官、僕の傘に入りませんか。パトカーまで相合傘で送らせていただきます」

「カフカはおしっこをしましたね。あなた、嘘をつくと偽証罪を科せられること、知ってますね」

「おしっこをしたかどうかわかりません。そのとき目をつむっていたもんで」

「そのとき、とは何のときです？」

「つまり、カフカが小便をしていたかもしれないとき、していなかったかもしれないときです」

「あなた、目をつむっていたのはどのぐらいの時間？」

「一匹の犬が小用を足すに十分な時間です」

「何のためにそれだけの時間目をつむっていたんです」

「カフカの命令です。しばらくこちらを見ないでくれと頼まれたのです」

いいながら私はカフカに向かってご免と手を合わせた。カフカはうーと唸り、白目を剥いて見せた。

「結構な証言でした。これで有罪が証明できました」

「ちょっと待ってください。往来小便罪は実際におしっこを放出しなければ成立しないのではないですか」

「もちろんそうです。それが何か？」

「カフカは老犬です。それはお認めになりますね」

「はい、百パーセント、この子は年寄りです」

「人間も犬も同じですが、年を取るとおしっこがしょっちゅうしたくなります。いわゆる頻尿というやつですが、トイレに入ってもこころざしどおりにいかず、おしっこが出てくれないのです。

ありません」

尿は依然として膀胱に残ったままであり、カフカはまさにこの状態であったので無罪は明らかであります」

言い終らぬうちにカフカが喚き立てた。

「お巡りさん、この男、とんだ三百代言だぜ。俺は年取ってるが老人じゃない。俺はビール一ダース分腹に貯めておいて、地軸を揺るがすほどの小便をぶっ放す。そうよ、間違いなくここで、二リットルほど放出したわ。さあさあ、しょっぴいてくれ」

婦人警官はふたたび身を屈め、ピンクの鼻に向かい、刑を宣告した。

「被告人カフカ、あなたをポプラの葉十枚の罰金に処します。証人は偽証をしたこと明らかですが、初犯につき今回限り起訴猶予とします」

無事放免されたところで私は目が覚め、夕子の営業用の声を聞いた。

「いらっしゃいませ。お飲み物は何になさいます」

「あなたの好きなものを」

夕子は白のブラウスに臙脂のカーディガン、髪を真ん中からお下げにして胸に垂らしていた。化粧は口紅を引いただけである。

すぐにビールが運ばれてきた。

私と夕子は向き合って座り、いつものとおり乾杯し二人ともそれを飲み干した。私が二杯目を注ごうとすると、夕子は手で押しとどめ、「慶さん」と弱い声でいった。何？　という顔をして夕子を見ると、さらに小さな声で訊ねた。

「きのう、わたしのこと考えました？」

とっさに答えに迷い、「ああ、毎日考えてるよ」と私はごまかした。

「きのう、お客さんがあったの、わかったでしょ」

「へぇー、そう、そうだったの」

「とぼけないでよ。あなた、どう思ったの。わたしがほかの客を取るということ」

「そんな野暮はいいっこなしさ」

「ねえどうなの。わたしが客を取るということ」

「そりゃあ、嫌じゃないといったら嘘になるが……」

「ねえあなた……」

夕子は両手をテーブルに置き、恐ろしく真剣な目で私を見た。

「一生のお願いがあります。聞いてくれますか」

「まあ、僕に出来ることならね」

「フウコの所に行ってください。一生のお願いです」

「フウコって」

「風の子です。わたしと同じ娼婦です」

「僕がなぜ風子さんとかに会わなきゃならないの」

「そうしてくれないと、わたしの気持ち、おさまらないのです」

「それ、彼女とセックスしろということ？」

「もう決めたことです。風子が相手なら、わたし、いいんです。風子には話してあります」

私は手で×印を作りながら立ち上がり、庭の硝子戸の方へ足を運ぼうとした。

「わたし死にます。あなたが風子の所へ行かないのなら」

何を大げさな、といおうとして振り返り、私はぎょっとした。さっき台所に行ったとき隠し持ったのか右手に千枚通しを握り、胸に向けていた。

「わたしこれで死にます。慶さん、わたし本気なんだよ」

声は上ずり目は釣りあがり、瞳が泳いでいるように見える。私はとっさに「わかった」といい、千枚通しを渡すよう黙って手を差し出した。

数秒後夕子は手のものを私に渡し、ぺこりと頭を下げた。

「慶さんごめんね。いまのは冗談。わたし、何があっても死んだりなんかしませんから」

「俺、命令どおり風子さんの所へ行くよ。でもセックスはしないからな」

「へーえ。それが出来たらね」

「出来るとも。見ていろよ」

そんな強がりをいい、私は肩をそびやかせて見せた。というのも、実在の風子が現れるとは考えていなかったからだ。たぶん奇抜な扮装と濃い化粧に模様替えした夕子が風子を名乗るだけだろうと高をくくっていたのだ。

私は安楽椅子に移り、濡れた芝生に庭園が映えるのをぼんやり眺めていた。

しばらくすると部屋の明かりが淡いオレンジになり、かすかにお香の匂いが漂ってきた。続いてそれとはちがう、甘さを含んだ花の香りが鼻を掠め、おやっと思ったら目の前に女が立っていた。

「こんにちは、風子です」

軽く首をかしげ、にこっと笑い、跳ぶように硝子戸の方へ行きカーテンを引いた。紛れもなく別の女がそこに居るのであり、子兎のように身が軽いらしい。すぐにこちらに戻ると「お風呂にどうぞ」と私の手を引き、立たせようとした。薄いニットのセーターに、ぴったりのショーツをまとい、少年のような細身ながら仕草のはしばしに肉の弾力を感じさせる。私は彼女と入浴して石鹸を塗りたくられるシーンを想像した。

「僕は大の風呂嫌いでね、たまに入る朝風呂に今朝入ったばかりでしてね」

「それじゃ、風呂は省略してこれと着替えてください」

見せられたのは渋茶色の甚平と同じ色のパンツだった。この甚平は、これを着て棺桶に入りたいと思うほど沈痛な感じがしたので、ありがたく着用した。

「お酒は何になさいます」

「ビールとトマトジュースを」

「あら、酒豪だと聞いてましたけどね。どうぞわたしを夕子だと思って好きなようになさってください」

私は自分でジュース7ビール3の液体を作りちびちびと飲み、風子はハイボールをぐいと呷り、二杯目に私の横に来た。

「音楽をかけましょう。何がいいですか」

「法華経か般若心経を」

「そんなのありません。マイルス・デイビスはどうかしら」

私は首を振った。あれは夜明けの疲れた官能をさらに淫楽へと引きずりこむ地獄の余り風だ。

「それではヨハン・シュトラウスは」

私は考えた。シュトラウスといえば春の明るい空、羊のひげを撫でる風、ぬるま湯の行水の音楽だから無難だろう。

「じゃあ、シュトラウスを」

風子はリモコンを操作すると、私の手を取り立ち上がった。

「さ、踊りましょう」

「いやいや、ダンスは医者に禁じられてます。常習性股関節脱臼症なんです」

「ウインナワルツで、きっと治りますわ。さあお立ちになって」

そこまでいわれて嫌という勇気は私にはなかった。

私たちはウイーン貴族の正統スタイルに組み、「皇帝円舞曲」を踊りだした。体は密着しないものの顔を正面に見ることになり、そばかすの可愛いヤンキー娘のような、早見薫を少女にしたようなその顔がいたく私の官能を刺激した。目を下にやると薄いセーターを弾いて二つの岬が突き出てノーブラを誇示している。

「やっぱりダンスはやめよう。毛脛を出して踊るなんて、死んだお袋に叱られます」

「そうね、甚平スタイルじゃねぇ」

風子は組んだ手を離し、一瞬で甚平の紐をほどき私の後ろに回った。そしてまた一瞬にして甚平を脱がせ、ふたたびリモコンを押した。今度は「ウイーン気質」である。

「風子さん、裸同然でこんなことするなんて、ワイセツだと思いますが」

「何をおっしゃいます。全裸でワルツを踊った男女がウイーンには無数にいます。モーツァルトも、たぶんシュニッツラーもね」

いうが早いか風子は私の最後の砦を脱がせにかかった。

「ストップストップ。せんせ、おしっこ」

戻ってくると、風子は優雅な手つきで二階を指さした。

「二階か、いいですね。でもその前に京都シンシンドウの食パンをイノダのコーヒーに浸して食べたい」

「……」

「その前に教えてほしい。兎と亀はどちらが早いのか。セックスの時間だけど」

「仕方ありません。強制連行いたしますから観念なさい」

「どうぞどうぞ、やれるもんなら」

風子は携帯電話のボタンを押し、「赤帽をひとり」と命令口調でいった。五分もしないうちにその赤帽が現れ、私は思わず声をかけた。

「やあ、あんたかね」

赤帽はくだんの海坊主であり、これが仮に別人だとすると、海坊主とこの御仁とは一卵性双生児ということになる。

赤帽は粗い横縞のつなぎを着て、頭蓋の半分ほどの赤帽をあご紐でとめていた。

風子が目配せすると、赤帽は私の後ろに回り、腋に挟んだ手と腰に回した手で難なく私を抱え上げた。そして、足をばたつかせている私を二階に運び、ベッドに放り落とした。それはベッドとは逆方向で、仰向けにされた私は赤帽にのしかかられて万歳をさせられ、その手を風子がつかみ左右の手首にロープを回しベッドのどこかに固定した。

赤帽はそれまで一言も口を利かなかったが、ベッドを降りるとき脂ぎった顔を私の顔に接近させ、「せいぜい楽しみな」といった。

赤帽が消えたのを見て私は作戦を変えることにした。

「風子さん、お願いだから縄をほどいてください。こんな万歳スタイルじゃ感じるものも感じなくなってしまいます」

「いえいえご心配なく。あなた、マゾとノーマルと両方味わえるのよ」

風子は取り合おうともせず、縛られた手首からはじめて全身へねっとりと舌を当て、そのキス責めはまさに拷問にひとしかった。

私は身内に湧いてくる快感を圧さえ、それが現象に現れるのを食い止めなければならない。私は想像しうる限りの悲惨なシーンを思い浮かべ歯を食いしばった。あの赤帽・海坊主がわたしにのしかかりレイプしている図、禿山にひとり生き残った烏、いろは坂を転がり続けるガス欠車、大観覧車が停まらなくなった夜の早見薫。

いよいよ快感に追い詰められて一計が浮かんだ。

「風子さん、折角だけどな、そんなやわなやり方じゃ物足りないな。あんたは焼けぼっくいに火をつけたんだ。俺は三年前までひどいマゾだったからね」

「ふーん、それでどうして欲しいのさ」

「煙草に火をつけて体のやわらかいとこに擦りつけてくれ」

「ここに煙草はないよ」

「藻草でもいい。あれでもちょっとは感じるだろう」

風子は一度身を起こし、探るように私の顔を見た。

「どうやら藻草も無いようだな。それじゃロープをほどいて、俺を解放するしかないな」

いうと同時に脇腹に激痛が走った。風子の二本の指が肉をつまみ、ねじり上げたのだ。

「これ、藻草より効くんじゃないかい」

「ああ、いい、すごくいい、死ぬほどいい」

だがこれは、強がりもいいとこだった。じつをいうと、少しの痛みも我慢が出来ないタチなのだ。マゾなんて嘘をついたためにこのザマである。

歓喜の声に風子はたちまち調子に乗り、私の全身を運動場にして指のアーチェリーを展開し、私はひっきりなしに「ああー、ああー」と痛苦のうめきを上げた。

わずかの間に私はもう我慢の限界に来た。こうなったら仕方がない、全面降伏して風子とのセックスを受け容れることにしよう。ともかく気絶しないうちに白旗を揚げることだ。

そう決心し「ストップ」といおうとしたそのとき「シントウメッキャク、シントウメッキャク」という読経のような声が聞こえ、だんだんとその声が大きくなった。そうだ、あれは鎌倉の浄土真宗、断食道場の和尚の声だ。

やがてそれは、ヨウトウクニク、羊頭狗肉とも聞こえ、激痛のさなかにも和尚の講話のいんちきタイトルが次々と浮かび、私は懸命に復唱した。

「牡丹餅から見た末世」

「闇夜に猛犬に会う」

「象の鼻に象の鼻クソの閉塞状況」

「和尚の頭にキツツキがとまる危機」

「シントウメッキャク、心頭滅却」

それは実感した時間よりも短かったのだろう。とうとう風子は手を止め、ロープを解きにかかった。

「あんた、どういう男？　こんなこと、わたし初めてだよ」

「すまないね。自分でもよくわからないんだ。いつもはぴんぴん元気なのに」

「あんた、ほんとに馬鹿だよ、わたしとしないなんて。だけどこのまま帰すわけにはいかないよ」

「俺にどうしろというのさ」

「詫び状を書いてほしいの。それであなたを許してあげる」

風子はトップロールの机から和紙の便箋と極太のボールペンを出してきて私に渡した。私はもう安心して「ウイスキーをロックで」と注文し、それを一気に呷るとこんな詫び状を書いた。

「馬糞色の甚平を取っ払うと小さな運動場が現れました。そこを片耳垂れた子兎が三輪車に乗って走り回っています。僕は、僕の肋骨である木の根っこに兎である君がつまずき転ぶのを見てアハハハと笑ってしまいました。そのことを深く深くお詫びいたします」

私が文を渡すと、「わたしも」と風子は卓に横座りになり、さらさらと一文を書き上げた。その表情は活き活きとしてあどけなく、自分まで少年にかえったような気持ちになった。この女性は娼婦というなりわいの中でこういうことにせめてもの慰めを見出しているのだろう。

「ぶしつけな振舞、お許しください。あなたが貞節を守ろうとされているのを見て夕子ねえさまが憎らしくなりつい抓《つね》ってしまったのです。ほんとうはわたし、ぼんやりと甘美な時間を過ごすのが好きなのです。天がもう一度その機会を与えてくれましたら、このアサハカな頭をあなたの胸に預けてホフマンの舟歌をいっしょに歌いたいです」

ふだんの私はもらった書状は読むとすぐ廃棄する習わしであるが、この詫び状は捨てるにしのびず、亡き妻の目の届きそうにない事務所の机にしまうことにした。

風子が「さよなら」といって台所に消えると、ぱっと部屋が明るくなり夕子が現れた。卓の前に腕組みをして立ち、ソファにもたれている私に速射砲を浴びせてきた。

「風子としなかったこと、それがどれだけわたしの重荷になるかわからないの」

「あなたは風子にもわたしにも恥をかかせたのよ」

「そんなことで、わたしに義理立てしたなんて思わないで」

「でも不思議よね。男の人の体ってそんな風にいかないはずなのに」

「そう、自分でも不思議だよ」

私はもっともらしくうなずき、二度三度と両手の投げキスを夕子に送った。

「ふん、慶次郎め。わたし、酔っ払ってやるからな」

夕子が酒を取りに出て行くと、私は素早く表の部屋のクロゼットに足を運んだ。パンツに挟み、甚平で隠していた風子の文を、上着のポケットにしまうためである。たぶん風子は自分が詫び状を書いたことを誰にも話さないだろうから、その秘密は守らなくっちゃと考えたのである。

シチリア産の白とキビナゴの酢漬けを手に夕子が戻り、一杯空けると私の横に移ってきた。臙脂のカーディガンは脱いでいたので、馬糞色の甚平と白のブラウスが仲良く並ぶことになった。

やがて夕子が遠慮がちに甚平の袖を引っ張った。

「ねえ慶さん、無事に帰還したごほうびに何かして欲しいことない。わたし何でもやるわ」

私はしばらく思案してからこう答えた。

「それじゃこちらはチェロになるから、そちらは弾く人になってもらいたい。僕はカザルスに仕えた名器で、君は初めてチェロを手にする人という設定でね」

「そんな難しい役、出来っこないわ。わたし、生身の女がやりたいの」

「たったいま、何でもやるわといったじゃないか」

「私が名器で、慶さんがそれを鳴らすカザルスじゃいけないの」

「君が名器になるのは二階に行ってからのことさ、さあ始めよう」

いいながら私は片膝を立ててチェロになり、夕子には斜め後ろに回れと命令した。

「おいおい、左手をそんな所に置くのはどうかな。そこは腰のくびれといわれる部分だぜ」

「それじゃ、首を持つのね」

「イテテ、そんなに力を入れてどうするの。首を絞めたらオルガスムに達すると誰かに教わったな」

「ふん、体の力を抜けばいいんですね」

「それも程度問題だ。弓を持つ右手をそんなにゆるめてどうするの。ソーセージでも握るのかい」

「もう知りません。好きなように弾いてやるから」

「しかし君、足の指がそりかえっているよ。もう気持よくなっているんだね」

「わたし、外反拇趾なんです」

「おっと、左のお乳をわがチェロに押しつけてどうするの。ひとり、感じているのかな」

「キーキーキー」

「いまのはチェロが鳴った音?」

「ちがいます。チェリストがヒステリーを起こしたのです。ねえ、慶さん、設定を変えてくれない。人間同士の組み合わせなら、わたしやれると思うから」

夕子は素早くチェロ弾きの位置から元の場所に戻った。私も立て膝をやめ、ウイスキーを喉に放り込んだ。

「それじゃこうしよう。僕は三年の刑を終えて出所してきたヤクザの組長、君はその女房」

「オーケー。二人は燃えに燃えるのね」

「女房はあまり燃えては困るんだ。三年前はまだ青い果実だったんだから」

「わたし、青いままを演じ通せるかしら」

「ところが組長が収監されて間もなく子分と仲良くなりすっかり成熟した女になった」

「それは困ったなあ。夫にバレたらどうしよう……あっそうか、案ずることはないわ」

「何か、とぼける方法があるのかい」

「夫は三年間禁欲状態だから、あっという間に……」

「ところがそうはいかんのだ。同房に瀧川慶次郎という性科学者がいて、長持ちさせる方法を教えてくれたんでね」

「慶さん、その方法、わたしに使ったことないでしょう」

「何をいうか、無礼者」

「ご免なさい。二度と申しません」

「さて本題に戻ると、慶次郎は組長に教えた。セックスを長持ちさせるには、ペニス自身にセックス以外のことを考えさせることだ、と」

「たとえばどんなことを」

「ペニスは考えるのさ。今日銭湯へ行くのに、この頭にハンチングをかぶせようかそれともベレー帽にしようか、とか、湯船に入ったら行方をくらませてやろう、とかね」

「あのね、あのものはセックスの前は何も思考しないタチだと思いますけど」

「そう、そのとおりだ。だからあのものの持ち主自身が浄土真宗の和尚になって講話のタイトルを考えるしかないわけだ。長持ちさせるにはね」

「それ、どういうこと」

「シントウメッキャク、ヨウトウクニク、象の鼻に象の鼻クソの閉塞状況、和尚の頭にキツツキがとまる危機、なんてね」

「慶さん！」

夕子が叱声を発し、私の耳たぶを引っ張った。

「あなた、風子といるとき、そんなこと考えていたのね。ひどい、ひどい、もう許せない」

いいながら夕子は立ち上がり、腕を私の腋に差し込み、持ち上げた。

「さあ上へ行くのよ。わたしキツツキになって体じゅうをほじくってやる」

7．ダミーの坊やの笑い顔

体を動かさないで汗をかくというのは性に合わない。恩田五郎の誘いをそういって断ったが、結局来てしまった。「あそこは低温サウナで汗は出んです」という五郎の言葉を真に受けたのである。

たしかに初めのうちは汗が出ず室温も快適だった。けれど考えてみると汗をかかないサウナに何の意味があろう。牢獄のような小さな窓、廃材からなるような密閉された部屋にタオル一枚の男が阿呆面をしている。不健康を絵に描いたような景色ではないか。

そのうちじわじわと汗が出てきて私は騙されたと気がついた。恩田五郎を見ると、弾けば肉がわななきそうな肩から腕に汗の粒が噴き出て水虫状となっていた。

「ゴローちゃん、その汗の粒が一票だったら、当選確実だのになあ」

先にサウナ室を出てぬるま湯に浸かっていると、誰かが河馬も顔負けするほどの水しぶきを上げて入ってきた。薄目を開けて見ると五郎で、私に並んで身を横たえ、気持よさそうに「いろはにほへど」と歌いだしたが、早くも「ちりぬるを」で我が耳を驚かせた。メロディが黒田節に変わっているのだった。私はとっさに対症療法を思いつき、湯をすくって五郎の顔にぶっかけた。するとが歌がやみ、オンチ状態は自然に消滅してくれた。

風呂を上がり、畳の休憩室の座卓に向き合うと、「先輩、喉が渇いたです」と五郎がいった。

「おばさん、大きなグラスに水を二杯」と私は大声で注文し、「始めてくれ」と五郎を促した。

今日の用向きはのぼるの立候補の件の調査報告であり、その内容は以下のとおりであった。

のぼるが参議院比例区から出馬する意思があったことは確かで、大館幹事長に接近し、一年ぐらい前から幹事長室にも頻繁に出入りしていた。

のぼるの元ボスの斉藤重吉は大館とは別の派閥であったから、のぼるはにわか大館派というところである。

のぼると同じ頃、同じ作詞家の美馬高士が出馬の名乗りを上げ、公認争いになった。

美馬は幹事長のライバルの大山錦次の派に属し、バックに寒川孤舟がついている。

寒川は作詞家、芸能プロデューサー、武道家と活動は多岐にわたるが、国士を自任し政界にも知己が多く、腐敗した政治家に対し何度か刀を抜いたという伝説もある。

彼は幹事長に対し美馬を選ぶよう要請し、幹事長も、寒川が無私な人物といわれているだけにむげに斥けることも出来ず、公認は保留のままに推移していた。

大館幹事長は子飼いの子分を持たず、ときに冷たいと見られる合理主義者であり、そのぶん誰にも公平である。のぼるに対しても公認を約束したりはしていない。

八月下旬、寒川が幹事長室に乗り込んできた。いまの参議院には文化人といえる人物が一人もいない、この際それを誕生させることが国家のために緊要であると説き、「異存ありません」と幹事長にいわせた。それなら美馬を採るべきであると早速結論に入り、美馬は長年作詞家として日本文化に貢献し人生経験も豊かである、一方大月は若くこれから伸びる人材だから、今回は美馬、次回は大月とするのが常識的だろうと諄々とした口調で説いた。

「ごもっともでありますが、若いからよいという考えもあります。それに今回はA、次回はBというようにタライ回し的やり方は避けたいものです」

幹事長が淡々というと、にわかに寒川の舌鋒が鋭くなった。

「大月はこの一年近く新作がない。スランプだから仕事を変えようというのだよ。これ、動機において不純ではないかね」

「スランプは誰にでもあります。しかし大月君の政治への情熱はなかなかのものですよ」

「彼は身持ちが悪いね。五月中旬に湯河原の若い芸者と不倫に及んだことは証言も取れている。公認してスキャンダルが出たらどうするのかね」

「寒川先生がそんな姑息な手段を弄されるでしょうか。どうか大目に見てやってください。大いに遊べば、いい歌詞が出来るかもしれない」

「そこだよ、大館君。要は日本文化に寄与する人物を公認することであり、それにはどちらが優れた歌詞を作れるか争わせたらどうだろう」

「決闘をするんですか」

「そうだよ。場所と時間を決め、その場で公正な審判三人に題を出させ、その出来を審査させるのさ」

「は、はあ、なるほどね。うーん、これは反論するのが難しいな。公平でもあるし、それに不謹慎といわれるかもしれないがじつに面白い」

「だろう。候補者の選び方としてはこれがベストだ。ぜひ実行してくれたまえ」

「とにかく本人に伝えましょう」

翌日大館の秘書から右の会談内容を聞かされると、のぼるは顔面蒼白になり、しばらく口も利けない有様だったという。そして数日後大館本人から「きみ、自信があるのならやってみてはどうか」とすすめられると、「そんなやり方、不真面目です。もし実行するというのなら自分にも考えがありますから」と席を立ち、それっきり幹事長室には寄り付かなくなったという。

以上が五郎の報告で、多くは十年にわたる秘書時代の仲間から収集したものであろう。ちなみに五郎は中間派の日和見的派閥に属している。

私は五郎の話を聞きながら、ある代議士の後援パーティーで一度見た寒川孤舟の風貌を瞼に甦らせた。長身痩軀、ぞろりと和服を着流し、仕込み杖ともいわれるステッキをぶらぶらと持ち、当の代議士との挨拶はそれをちょいと持ち上げただけでにこりともしなかった。立食が始まると、私は生来の好奇心から人を掻き分け寒川の三歩ぐらい前に立った。オレンジジュースを手にした寒川は派閥の領袖と何やら話している体裁はとっているが、自分は時々うなずくだけで、それも首が自動的に動くという感じだった。私が注視していたのは五分ぐらいだったろうが、寒川は終始無言で、ただ秀でた頰骨の奥の、猛禽のような目に絶えず周囲を窺う気配があり、この人は決して国士ではないなという印象を受けたのだった。

そんな印象ばかりか、五郎の報告によっていよいよこの人物が怪しげに思えてきた。だいたい公平無私な国士たる者が何故美馬高士一人にそれほど肩入れするのか。のぼると美馬の決闘案も一見フェアに思えるけれど、会談の経過を見ると、初めからこの提案をするためにやってきたとも考えられる。歌謡界で一目置かれる寒川であってみれば審査員の人選もすでに手を打ってあったのかもしれない。

「なあ五郎ちゃん、幹事長は寒川にうまく乗せられたんじゃないのかな」

「そうですかねぇ。先輩、考え過ぎじゃないですか」

「しかし、寒川はばかに決闘に自信ありげじゃないか」

そこまでいって私ははっとした。ひょっとして、のぼるがダミーであることを寒川が知っていたのではあるまいか。それゆえ作詞を競わせてものぼるに勝ち目がないと楽観したのではないか。

いやいやそんなことがあるはずはない。のぼるが秘密を洩らすなんて絶対にあり得ないからだ。

そうすると、寒川孤舟の自信は、のぼるが一年近くスランプ状態にあり、今なら試合に負けるのは必定と読んだからなのか。

「どっちにしても、参議院の件がのぼるの死に暗い影を落としているのは間違いないな。自分にも考えがあるといって幹事長室を後にしたのはヤケッパチになったのかもしれないからな」

私は独り言のようにいい、腕を組み困ったなあというポーズをとりながらこう付け加えた。

「のぼるの身辺をもう少し探ってもらいたいな。近々に奥さんにも会いたいしねぇ」

五郎を見ると、八の字眉の間にうっすらと二本縦じわが現れていた。もうこの件には関わりたくないが、そうもいかないだろうなと内心のジレンマを語るように。

「そういえば秘書仲間の一人が、大月さんはああ見えても欠かさず日記をつけてたそうですよと話してたです。いま思い出したです」

「あのな五郎ちゃん、それをなぜ早くいわない」

「慶さん、日記のこと話題にしたですか」

「近いうちにのぼる夫人に会いに行くとして、もう一つお願いがある。国政調査権を発動して、神奈川県警から情報を得てほしいんだ」

「国政調査権で何でもやれるわけじゃないです。とくに捜査中の事件は」

「県警はもう自殺で処理したから、そう口は堅くないはずだ。警察庁か法務大臣かに手を回し調べてほしい」

ひと呼吸おいて、私は調査事項を、上司が部下に下達する程度の威厳を持たせ五郎に伝えた。

一つは鎌倉海岸に鞄とともにあったという衣類について、どんな衣類がどんな状態で置かれていたか、ということ。二つは遺体解剖のとき臓器からプランクトンが検出されたかどうかということ。

前者については、九月末という季節においてわざわざ衣服を脱いで入水するであろうかという疑問があり、後者については、仮にプランクトンが検出されなかったとしたら溺死ではなく他所で殺されてから海に運ばれたことが考えられるからだ（もっとも警察がこの点に関する捜査を誤るとは考えられないが）。

「以上で終わり。それじゃ」といって私は立ち上がった。

「慶さん、他殺を疑ってるですか」

まだ胡坐の五郎が私を見上げ、やめとけというように太い首を振った。

「念には念を入れるだけさ。しかしあの孤舟先生、どうも気になるな」

瞼の中にふたたび孤舟の痩身が浮かび上がった。そしてそれが消えると、孤舟の後ろに控えていたように天田一星の顔が現れた。それは初めて会った日、「世間に何も語らないまま死ぬのがよかろう」と告げたときの目つきをちらっと見せ、そしてすぐに首を振り振り遠ざかる姿となって瞼から消えた。お前はこの件から手を引けとでもいうように。

天田と寒川？　どちらも右翼系統の大物であり、二人が何かのことで結託してもちっとも不思議ではないし、ありうることではあろうが、しかし……。

作詞のほうは依然停頓して先行きが見えないけれど、稼業全般が不振というわけでもなかった。今日の予定は二件あり、一件は桜木義一弁護士から頼まれた交通事故の示談である。成功報酬二十万円の約束で引き受けたから、交渉が一度で済めばそう悪い仕事ではないが、なにせ相手は関西系暴力団の組長である。

横浜伊勢佐木町の、以前は自転車屋か荒物屋に使われていたような土間が組の事務所で、入ったとたん私は奇妙な物を発見した。正面にしつらえた神棚の下に三十人ばかりの名札のボードがあったが、名札の色は赤と黒に分れ、その数がほぼ拮抗していた。私は即座に了解した。この名札はこの組の組員の所在証明であり、赤と黒のいずれかが服役中、残りが娑婆にいるというわけだ。たぶんこの名札はリバーシブルになっていて娑婆から刑務所に行くときはくるりと裏返り色が変わるのだ。

「ほほう」と私は名札ボードにひとしきり感心してみせてから名刺を差し出した。「日本さくら法律事務所主任研究員」という例の名刺である。相手の組長は四十前後の肩幅胸幅ともレスラーのような体軀をしたスキンヘッドの男で、迷彩をほどこした戦闘服を着て、直径二十センチはあるカラーを首に巻いていた。相手はもう一人いて、同じくスキンヘッドで体は親分よりひと回り大きく、透け透けの半袖シャツにやはり同じ首輪。どちらも露出した腕に青々と刺青をしており、それで身分を示したつもりか名刺を寄越そうともしなかった。

大男を頻繁に乗せるためか沈みのひどいソファに腰を下ろしながら、組長がいった。

「イテテ、イテテ」

カラーを撫でながら組長が痛がると、「イテテ、イテテ」ともうひとりもカラーを撫でて痛がった。いまどき珍しく親分に忠実な子分である。二人とも車の追突事故の被害者としてこの場に臨んでいるのだ。

私はまだ本題に入らなかった。

「組長、ずいぶんといい色に焼けておられますねぇ。釣でもおやりですか？」

「ゴルフや。こんな体じゃ当分ゴルフもやれんわ。その慰謝料もわかっとるやろな」

「そうですかゴルフですか、それは残念ですなあ。いやね、いま野毛山署に寄ってきて来週署長と磯釣りに行くことになったんですが、ゴルフですか、それは残念ですなあ」

ここで私は一気に核心に突入した。

「人間の首にも太いのと細いのがあります。首というのは筋や靭帯なんかがぎっしり詰まっているので、たとえば後方から衝撃を受けると体幹は前に押されますが首は過伸展といって後方に振れ、それでムチウチ症が起こります。ただしこれは首がジブラルタル海峡のように細い場合が殆どです。ジブラルタル海峡のようにね」

「おい、なんやったらわしの首見せたろか。医者でもないくせに能書なんか垂れくさるな」

「だけど組長、駐車場内で人間が歩く速度で追突して、怪我するでしょうか。いや絶対に起こらないとまではいいませんがね」

「それや、それやがな。豆腐食うても歯が欠けることがあるやろが。それやがな」

「組長さん、豆腐を食って歯が欠けること、あり得るとしてもですよ、二人が豆腐食べていて同時に歯が欠けることはありえないと思いますよ」

「おい、人をおちょくりに来たんか。金、払うのか払わんのか。一人につき二百万や」

「もちろん払うべきものは払います」

「なんぼなら払う？　こっちも無理押しするつもりはないんや」

「当方の依頼者はベンツから降りてきたのは一人だといっております。組長さん、ほんとにあなたはベンツに乗ってたんでしょうね」

私は蛮勇をふるって組長の目を凝視した。その目は怒りのためか自分を抑えるためか急激に充血してきたが、結局理性、つまり金を獲得しようという打算が勝ったようだ。

「わしが車から出なんだのは痛かったからや。あれから二週間になるが全然ようならん。あんた、わしら入院してもええんか。高うつくでぇ」

「私は認識違いしていたのかもしれません。あなた方は事故に遭った場合、間髪を入れず全員が飛び出してくる人たちだと思っていました」

「ええ加減にしとけよ。あんた、ずっとここにいたいんか」

「四時までに私から野毛山署に連絡がない場合、マル暴がこちらに向かうことになってます。ところで組長さん、事故後馬車道の『暴れ馬ハッチントン』に飲みに行きましたね。その首のカラーをしないでね。あなたは素晴らしい声の持ち主ですな。群青、リバーサイドホテル、緋牡丹博徒」

　私は野毛山署の署長ともマル暴担当とも知り合いではない。ただ、他の暴力団関係からこの組長の行きつけの店と持ち歌の情報を得ただけであり、彼が事故後飲みに行ったかどうかも知らない。

　と、そのとき携帯電話に着信の「アイーダ」が鳴った。打ち合わせどおり今古堂キンちゃんがかけてくれたのである。

「さきほどはどうも署長。いえいえ心配いりません。はあ、まことに紳士的で、はい、またのちほどに」

やれやれ署長、取り越し苦労して、とつぶやきながら私は訴訟書類を取り出した。

「組長さん、一人十万払いましょう。あなたが車の中にいたという言を信じてあなたにも払います。それがいやならこちらから訴訟を起こします。こちらに賠償義務は存在しないという訴訟です」

私は訴状の控えを組長に示し王手をかけ、返事を待ちながら名札ボードに目をやった。さっきより黒の札が増えたような気がするが、示談の間に子分が出所してきたのだろうか。

「よっしゃ、そのかわり即金で払えよ」

十数秒後、巻き舌、ヤケクソ気味の組長の声が土間に響きわたり一件は落着となった。むろん組長も子分もこの件で私が弁護士から二十万、弁護士が依頼者から百万戴くことは知る由もない。

今日の二件目の仕事は、元町のネオンのおとなしい酒場で早見薫の経過報告を聞くことである。

示談が早く片づき過ぎたため一時間も早く元町に着いてしまい、時間つぶしに中華街を歩いた。甘栗を売る店が以前よりずいぶんと多くなった。試食用の甘栗を一軒に一個と決め、それを原色のネオンの交錯する上空一メートルに投げ、ことごとく口に収めることに成功した。この分だと、薫の幹事長籠絡も進展してるだろうななどと考えながら、例のとおり霧笛楼は素通りして裏の酒場に入った。

薫は先に来ていた。ビール二本の酔いが目に出て、二個の瞳が薄靄の中、離れ離れになろうとしていた。

「慶さん、あなた女装したことある？　今度二人で女装して銀座を歩こうよ」

いいながら薫はショルダーバッグから雑誌を取り出し私の前に置いた。ぱらぱらとめくると、何と男のモデルがランジェリーだのブーツだのをつけポーズをとっている。

「この本を見て、わたし通販で買ったの」

「通販で、何を？」

「乳房つきブラジャーとか、デルタを肥沃に見せないパンティとか、カーリーヘアーのブロンドのかつらとか、もちろん洋服もね」

「デルタを肥沃に見せないパンティとは何？」

「男性の出っ張りを目立たせないように厚地で圧さえるわけ」

「ブロンドのかつらだけど、君、外国人になるの？」

「そう、アメリカと混血の日系三世にね」

「どうして日本の女じゃいけないの？」

「問題は声だと思うの。男と見破られないようにするには口数を少なくして片言を喋るに限ると考えたわけ。それに幹事長としても外国人のほうが警戒心がなくなるんじゃないかなって」

「おー」

　私は思わず感嘆の声を上げた。早見薫は私が目をつけたとおりの男だ。行動目的に対する神経が細部までゆきわたり、またそれを実現する行動力を備えている。この男なら、きっと私との合作による幹事長陥落作戦を成功に導くにちがいない。

　ゆっくりとビールを飲みながら薫の報告を聞くうちに、私の期待は確信にまでふくらんだ。もう何年もないことであるが未来に光を感じ、胸の奥がほんわかと温かくなった。

――幹事長の私生活について私が把握した情報は、彼が青山のマンションに住み毎朝七時前後に外苑付近をジョギングするということだけだった。幹事長は身辺警護を嫌い、とりわけ夜の行動は神出鬼没といわれ私も右以外の情報を得ることは出来なかった。

薫はこの情報にもとづき、朝六時半から外苑の銀杏の木陰から辺りを三度見張り、身長一八〇センチ、筋肉質、眉の濃いやや角ばった顔の幹事長が判で捺したように六時五十分頃外周道路から並木の歩道に入ることを突きとめた。

いよいよブロンドかつらの出番である。薫は長袖の白のランニングシャツ、白のショートパンツ、パンツの下に真紅のストッキングをつけ、乳房つきブラジャーの胸をぐんと張って幹事長を待ち受ける。来た来た、いつもの時刻に幹事長は現れた。と、それを見て薫はゆっくり相手に向かって走り出し、すれちがうとき右手を小さく振って声をかける。

「グッモーニン」

十メートル行って振り向くと、思ったとおり相手も振り向いたので、また小さく手を振る。一度目はこれで終わりであった。

二度目の朝も薫は頭からアディダスのシューズまで全く同じ恰好をして幹事長を待っていた。銀杏の葉が黄ばみ、ほの明るい歩道は直線の見通しがよく、芝居の出だしには好都合である。おまけに、この日は冷たい風がまともに吹きつけてきてお誂え向きのコンディションとなった。この風に向かって瞬《まばた》きせずに目を開けていたら自然と涙が出てくるだろう。

幹事長のトレーナーが並木通りに入るや否や薫はゆっくりと走りはじめ、すぐにそれを歩きに切り替えた。そして相手が百メートルにまで近づくと、足を引きずる、顔をしかめる、冷たい風に眼球をさらす、の三つをいっぺんにやり、ついに片膝ついてしゃがみこんだ。

「どうかしましたか、お嬢さん」

筋書きどおりの科白であった。薫は顔を上げ、貯めておいた涙の目を幹事長に向けた。

「ネバーマインド、ネバーマインド」

左足首をおさえ、痛みをこらえるように顔を伏せ、涙の乾かぬうちにもう一度幹事長の顔に目を向けた。

「これはいかん、捻挫したのかもしれない、救急車を呼びましょう」

「ノー、ノー、ネバーマインド」

涙の乾いた目で見ると、幹事長の顔は三十センチの近くにあった。四角い顔に鼈甲の四角い眼鏡、その中の目はレンズが厚くて、大きいのか小さいのか、優しいのか恐いのかよくわからなかった。

「ここではなんだから、そこのベンチに座ったほうがいい」

薫はこっくりとうなずき、立ち上がって歩こうとした。そして脚本どおり顔をしかめ左の足首を指した。

「わたし、痛いです。アイキャントウォークです」

「あなた、外国の人?」

「アメリカから来ました。日本語へたです」

「僕の肩につかまりなさい」

「つかまる？　わたし、悪いことしましたか」

「いやいや、そうじゃない」

幹事長はハッハッハッと大声で笑いながら素早く薫の手をつかみ、体を屈ませて自分の肩に置き右手で薫の腰を抱いた。その手際、その膂力は保守党の幹事長にしておくのは勿体ないほどのもので、薫の体はホバークラフトのように地上から持ち上げられた。

「スローリィ、スローリィ」

「ゆっくりゆっくりか。僕にもそれぐらいの英語はわかる」

幹事長は東大出の秀才で英語は堪能と聞いていたので、薫は「はてな」と思った。この男、なかなか手強いかもしれないぞ。

「わたし、とてもハッピーです。小さいとき馬からフォールダウンしたわたしをパパが背負ってホスピタルへ連れて行きました。わたしそれ、思い出しました」

「ほうー、あなたは馬から落ちて落馬したのですか」

幹事長はちょっと足をとめ、間延びしたような声でいった。薫は思わず噴き出しそうになったが、ここで笑っては元も子もなくなる。

「馬から落ちて、はわかりましたが、ラクバがわかりません。ミスター……」

「オオダテです。サブロー・オオダテです。どうぞよろしく」

「キャロル・ハヤミです。日米混血の三世です」

「ミス・キャロル、落雷はサンダーが落ちることをいいます。だのに落馬は馬が落ちるのではなく人が落ちることをいいます。わーかりますか、日本語のこのミステリーを」

ベンチに座ると、幹事長はトレーナーから携帯電話を出し、「救急車を呼びます」といった。

「いいです。わたし、これくらい、きあいで治します。わたし、空手、ちょっと習いました」

「ほうー、そいつは豪気だなあ。あなた、どこの出身ですか」

「テキサスです。サン・アントニオの近くです」

「おー、南国の薔薇か、イエロー・ローズ・オブ・テキサスですね」

こんな話をしている間に何人かのジョガー、ウォーカーが通り過ぎ、幹事長に会釈する人、あらっという目で見るおばさんもいたりしたが、幹事長はにこにこ顔でみんなに応え、薫と触れ合うほどの距離にあることに少しの違和感も抱いていないようであった。

この人は聞くところの冷血漢じゃなくて大自然児なのじゃなかろうか。そんなことをふと思ったとき、一旦通り過ぎたクラウンがゆっくりとバックしてきた。

「先生、忙中閑ありですか」

後部座席から薫と同年輩の男が降りてきた。新聞記者らしいが、油でかためた頭、白のストライプの三つ揃い、抜け目なくこちらを探っている目つきなど禁酒時代のシカゴから来たようだ。

薫は小さな声で訊ねた。

「ミスター・オオダテ、ボウチュウカンって何のことですか？」

「それだよ、僕にもわからんのです。猫の名につけたら、とんでもない大猫になりそうだ」

幹事長はシカゴ男に向かい大声を張り上げた。

「ボーチュウカン君、いいところに来た。君に一つお願いがある」

「先生、私の名を忘れたんですか」

「たしかボーチュウカンの前は中馬貫太郎とか名乗っていたな」

「何か私に出来ることならやらせてもらいますが」

「じつはここにいるのは僕の娘なんだ。テキサス生まれでね」

ボーチュウカンこと中馬記者は目をかっとみひらき、幹事長と薫を見較べた。親子の整合性をどこかに見つけようと探る目で。

「足を怪我したようなんだが、こう大きくなっては僕がかついでホスピタルに連れて行くのはもう無理だ」

「それなら私が病院に送りましょう。急ぐ仕事はありませんから」

「娘は気合で治すといっている。だから住まいの近くまで送ってやってほしい」

「お安い御用です。さあお嬢さん、どうぞ」

「それではお願いします」

薫はベンチを立ち、「ありがとうございました」と幹事長に礼をいった。

「いやいや、ミス・キャロル……」

幹事長は何かいいかけて口をつぐみ、自分の体を持て余すようにのろのろと腰を上げた。薫はすかさず予定の科白をその耳に吹きかけた。

「すぐ治ります。またジョギングに来ます。会うの楽しみにしています」

三回目は風もない暖かな朝で、少し葉の落ちた銀杏の枝の網目から次第に空が明るくなった。天候や風力は今日はどうでもよかった。カーリーのカツラがずれはしないかと風を気にする必要もないし目に涙がたまらなくてもいっこうに構わなかった。つまり今日外苑並木のベンチにいるのはキャロル・ハヤミではなくドナルド・ハヤミであり、紺の背広に野暮ったい臙脂のネクタイを結び、コロンビア大学日本文学科助教授の名刺を携えているのだ。

あ、来た来た。眼鏡がこちらを見つめ、少し足を早めたようだ。

ドナルドの薫は立ち上がり、流暢な日本語で話しかけた。

「失礼ですが、大館三郎さんじゃありませんか」

幹事長は足をとめ、レンズが熱くなるほど熱心に薫の顔を凝視した。

「わたし、キャロル・ハヤミの兄でドナルド・ハヤミと申します」

相手に見破られないうちに薫は名刺を出し、男らしいさっぱりとしたお辞儀をした。

「ほうー、日本文学の、ほうーアシスタント・プロフェッサーですか、それはすごい」

幹事長の顔が和むのを見て薫はほっとし、ベンチに置いた花束を手に取った。

「これ妹からです。とても親切にしていただいて感激の極みです」

「いやいや、こんなことされては困ります。だけど私はとても嬉しいです。女性から花を貰うなんて何年も、いや何十年もなかったことです。テキサスの黄色い薔薇か、ファンタスティックです」

幹事長は花を受け取り、「少し話をしましょう」とベンチを手で示した。

「妹はまだ歩けませんが、一日も早く礼をいいたいと申しまして。たまたま私、学会でこちらに来たものですから」

この日の狙いは男心をさらにくすぐることとキャロルが堅実な家庭の娘であることを相手に知らしめることにある。そのためのニセ名刺であり服装であるのだが、幹事長にこんなことをいわれてドギマギとした。

「それにしても御国ではその若さで助教授になれるんですな。あなた、よほど優秀なんだろうけど、日本ではなかなかね」

「いえいえ」薫はあわてて手を振った。「私はそんなに若くないんです。キャロルとは日本流にいえばひと回り離れています」

「そうですか。とてもそうは見えませんが」

「私はのんびり育ったので若く見えるのかもしれません。その点キャロルはしっかりしていますし、勉強も運動神経も抜群でした」

そのキャロルがなぜ馬から落ちて落馬したのか。薫は思い出してぞっとし、馬脚を露わさぬうちに退散しようと腰を上げた。

「私、学会があるもので、これで失礼します。キャロルは四、五日で歩けるようになると思います」

「そりゃよかった。何か困ったことがあったら連絡するようにいってください。保守党の幹事長室に」

幹事長が親しげに差し出す右手を仕方なく薫も握り返した。前回握手しなかったからよかったものの、キャロルと同じ手だから危ない危ない。

それにしても大館三郎が幹事長と名乗ったことは大きな成果であった。それはキャロル・ハヤミを百パーセント信用したことにほかならないから。

それから四日後の朝、女に戻った薫はトレーナーも靴もソックスも黄で揃え、おまけに同色の鉢巻きをきゅっと締めて例のベンチで待っていた。あ、来た来た、来たぞ。

作戦開始後四度目のこの日、いざ関が原ともいうべきこの日は真冬のように寒く、そのせいか幹事長の足はいつもより速く、薫を見つけ手を挙げてからはいっそう速度を上げたように見えた。

薫が立ち上がろうとするのを手で制し、自分もベンチに腰を下ろした幹事長は熱っぽいともいえる視線を薫の全身にふり注いだ。

「今日はあなた自身が黄色い薔薇なんだね」

「あの薔薇、まだ生きてますか？」

「もちろん、執務室に飾り毎日眺めています」

「わたし、うれしいです」

薫は手を差し出し握手を求めた。前回のドナルドよりはやわらかく力を抜いてやったので幹事長に気取られずに済んだ。

「足はよくなりました?」

「はい、歩くのはいいです。でも走るのはわかりません。それでミスター・オオダテにお願いがあります。百メートルくらいわたしに肩を貸して走ってくれませんか」

「いいですとも。スローリィ、エンド、スローリィにね」

薫は悪い足は左なのだと自分に言い聞かせ、左手を幹事長の肩先に置いた。走りだすと、体を幹事長に寄せるようにし、肩の手に力をこめたりゆるめたりして五十メートルほど来た。

「二人がペアで走るの日本にありますか。足をひもで結びます」

「二人三脚といいます」

「わたし、あれしたいです」

「えっ、あれを……ここで?」

「アイムソーリー。オオダテさん、えらい人です。それ忘れてました」

そのまままさらに進み、折り返したところで「よーし」と幹事長が号令をかけた。

「ミス・キャロル、その鉢巻を取りなさい。日米協調の二人三脚をやろう」

たちまち薫の左足が大館の右足に結ばれ、薫の左手が大館の脇腹をぎゅっと摑んだ。

「ワン・ツー・スリー」と声を合わせて二人はスタートし、途中、このカップルにたまげたらしいランナーと衝突しそうになった。男はよろけながらもすぐに体勢を立て直し、二人の仲を探ってやろうという目つきになった。

しかしここは天下の公道である。このブロンド娘がちかぢか大館三郎の愛人になるとは想像もつかなかったろう。

試走を終わりベンチに戻ると、薫は通草《あけび》細工の手籠から用意の物を取り出した。

「さあ、ブレークファーストを始めましょう」

まず一番に渡されたのは、オルゴールつきのグリーティング・カードだった。表紙に、明けの空を青い小鳥の群れ飛ぶ絵が描かれていた。

「どうぞ開けてください、オオダテさん」

カードが開かれると、美しく澄んだ金管音が流れだした。

「これ、聞いたことがあるな」

「ペールギュントの朝の歌です。これは朝ご飯の序曲です」

次に取り出されたカードは薫の手製であり、ポップアップの絵本づくりを仕事とする本職の作品である。

「さ、どうぞ開けてください」

手製の一番目は、開けると白木の食卓が現れ、卓の上には赤と黒の箸が描かれていた。

「おおー」

幹事長は感に堪えぬように一声だけ発した。

二番目を開けるとご飯茶碗が二つ飛び出してきた。茶碗の下にしっぽがついていて、それを押し上げると茶碗の上に湯気が描かれた紙片が現れる。

「おおー」

三番目は紅鮭の塩焼きが出てきたが、一人分だけである。

「これはどういうわけ？」

「そのしっぽを下に引いてください」

幹事長がそのとおりにすると、紅鮭の半分が皿から消えた。

「この魚、高いです。だからあなたとわたし、半分ずつです」

「おおー」

次は大根おろし、その次はお新香が飛び出し、幹事長はそのたびに「おおー」を発するのみであった。

「オオダテさん、何か出してないものがあると思いませんか、何か一つ」

「ああそうか、そういえば味噌汁が出てないね」

薫は手籠から小型の魔法瓶と紙コップ二個を取り出した。魔法瓶には昆布といりこで出しをとったナメコの味噌汁が入っているのである。

「これ、マイばあちゃんにならいました」

「おおー」

幹事長は味噌汁をゆっくりと啜り、のみ終わってからしばし天を仰ぎ瞑目した。

「朝ごはん、おいしいでしたか」

「素晴らしい。とても素晴らしい。ミス・キャロル、あなたに食事の返礼をしたい。これはお願いというより命令に近いと思ってください」

幹事長は、こんなこともあろうかと薫が用意していたメモ用紙に麻布の料亭の地図を詳しく書き、来週月曜日六時、リスクマイライフ、命にかけて行きますと宣言した。

薫に会った翌日、天田一星に電話を入れ、幹事長の件が順調に運んでいることを伝えた。天田は、詳細を聞こうともせず「ありがとう」と力強く答え、その一言だけで電話を切った。そういえば前にも天田に電話をかけたことがある。一度島に行ってみて気に入らなかったら一億差し上げるといわれたことで、気に入りましたと報告したときである。あのときも彼は「あっそう、よかったね」とあっさりしたものだったが、待てよどこかがちがうな、と電話を思い返して「あっ」と気がついた。電話が若い衆から天田に取り次がれる間一度目は「ＫＹＯＴＯオンディーヌ」がかかっていたが、今日は「埴生の宿」に変えられていた。

自宅へ初めて訪ねたときのＢＧＭにしても夕子との酒盛のときにしても海坊主の歌にしてもそうだ。天田はよほどＫＹＯＴＯオンディーヌが好きなんだろう。

それがなぜ別の曲に変えられたのか。ひょっとするとそれは天田がこの曲に対し強い不快感を抱いたからではあるまいか。そして、もしそうだとすると、それがのぼるの死とどう関連するのであろう……。

この日は日曜日で、午後二時に恩田五郎とのぼるの細君を訪ねることになっていた。のぼるの四十九日が過ぎるのを待っての訪問である。

地下鉄東陽町の改札口で、打ち合わせどおり私は洋菓子、五郎は果物を持参して落ち合った。

のぼるの自宅は賃貸マンションの八階にあり、応接間を兼ねる居間からは半ば末枯れた木場公園の木が藁人形のように見えた。私たちはまず仏壇のある和室に足を運び線香を上げた。

前にも述べたように、のぼるとは私より五郎のほうが親しく、ここ江東区は選挙区でもあるので細君とも懇意な間柄である。今日の訪問も五郎から連絡させ、日記の借用を申し入れた。二人で思案した末、「著名人の伝記を手がけている瀧川が大月のぼるの作詞家としての軌跡を本にしたいと望んでいる」ということにしたのである。

私たちはテーブルを挟んで細君と向かい合った。ようやく落ち着いたのか、ふっくらした頰は血色もよく、目尻の下がった丸い目にやわらかな微笑が浮かんでいた。

すでにテーブルにはＢ５の薄いノートが何冊も積まれていて、細君は一番上のノートを取りぱらぱらとめくった。

「日記といっても、ごく簡単なメモに過ぎません。参考になりますかどうか」

「奥さん、全部お読みになりました？」

私が訊ねると、頭を軽く振って、苦笑いを浮かべた。

「わたしには無味乾燥です。自分の気持を綴ったりしていませんから」

「見ていいですか」というと細君は手にしたノートを渡してくれた。一冊六十頁のノートに横書きで一年分が記されており、一頁に一週間分、一日の記述はたいてい一行で、それも単語をいくつか並べただけで文章になっていない。こういうのを几帳面というかどうかは別として、大学を出て秘書として就職してから死ぬまでの十年間中断することもなく続けられ、日記帳は十冊になっていた。

「作詞に関連するのは後の五年分と思いますので、その五冊をお借りしたいのですが」

「どうぞ」と細君は積んだノートを少し私の方に押すようにして「ちょっと失礼」と席を立った。

私は、いったんテーブルに戻した最後のノートを手に取り、最後の頁を開いてみた。むろん鎌倉で入水したと思われる日には何の記載もなく、その前日に「日本橋」とのみ記されていた。その前の一週間も、自殺を窺わせるような記述は見当たらなかった。

細君がお茶を持って戻ってきた。その後ろに男の子がスケッチブックと筆箱を両手に握り、くっついてきた。

「この子、鉄男といいます。上の子はサッカーの練習で出かけてるんです」

「幼稚園の年長組と聞きましたが、大きいですね」

私がいうと、「甘えん坊で困ります。ほら、おじさんたちにご挨拶して」と細君が息子の頭に手をやった。

鉄男坊やは天日干しのスルメのように肩をすくめてお辞儀をし、小さな声で「コンニチハ」といった。顔を上げると丸い目をくるくる動かし、大月のぼるの愛嬌を再現してくれた。坊やは挨拶が済むと、ソファの横にぺたりと坐り絵を描き始めた。

この日は悲しい話題は口にするまいと決めてきたのだが、細君のほうから自分の非を悔やむような話が持ち出された。自分は三年前に交通事故に遭い反射性交感神経性ジストロフィーに罹《かか》り、そのストレスからこんなにぶくぶく肥り夫とも喧嘩が絶えなかった。ただ一年ぐらい前から夫が寛容になり家庭も平穏になったので、夫が作詞で悩んでいるとは夢にも思わなかった。ほんとに思いやりのない妻でした、というのであった。

私は話題を、現実問題に転じた。

「その何とかジストロフィーというのはどんな症状になるんです」

「RSDといいまして、手指、手首の強いこわばりと焼けるような疼痛です」

「賠償のほうはきちんと解決したんですか」

「それがRSDは医学的に解明されていないので保険会社も非常にシビアなんです」

それじゃ自分が出ていきますといいたいところだが、相手はヤクザの何倍も手強いからどうにもならない。二人の小さな子を抱えて仕事にもつかねばならないのに、そんな後遺症があれば見つけるのも容易なことではないだろう。ここは、裏世界の自分より表世界の恩田代議士が一肌脱ぐべき場面ではあるまいか、と隣を窺っていると、思ったよりも何秒か早く、反応があった。

「奥さん、何でも申し付けてください。出来る限り協力させていただきます」

「ありがとうございます。でも何とか自分でやってみます。気のせいかこのところ手の具合もよくなったようなので」

えらい、と私は思った。いまだわが国では、選挙区の代議士に就職を頼む人間が多いというのに、この人は何と健気な女性であろうか。私はジーンと胸が熱くなり、あわてて視線を鉄男坊やの方に移した。

画用紙には青と緑の帯状のものが描かれ、これからどう完成するのか予想がつきかねた。それを訊こうかどうか思案していると、「パパの顔、見せてあげなさい」と細君がいった。

坊やが私たちの前に来て、スケッチブックをめくり男の顔を見せてくれた。これを描いた画家と同じくりくりとした目、三角にあぐらをかいた鼻、ホームベースを広げたような顔の輪郭、額の中ほどに刈り揃えられた前髪。

「うまい。とても似ていて活き活きとしている。鉄男君は大きくなったら画家になるんだね」

顔を覗きこむようにしていうと、目をパチパチとしばたたき、困ったような顔をした。

「ちがうよね。鉄男はパパのように作詞家になるんだよね」

細君がいうと、息子は「うん」とうなずき、体をもじもじさせながら耳たぶまで赤くなった。

私はそれを見て急に胸が痛くなり、「そろそろおいとましましょう」といって立ち上がった。

挨拶をして玄関を出ようとすると「そうそう」と細君が私たちを引きとめた。昨日、ご主人の日記のようなものがあれば見せていただけないかと、知らない人から電話で依頼があったというのだ。松本と名乗り、自分はノンフィクション作家で、大月先生のプロフィールを書いてみたい、むろん然るべきお礼はさせていただきますといったそうだ。

「そ、それで」と私は身を乗り出すようにして訊ねた。「奥さん、承諾されたんですか」

「いいえ。そのようなものがありますかどうか、まだ整理してませんのでと答えました。また連絡するといってましたけど、どうしましょうか」

「奥さん、それは作家を騙って日記を手に入れ、週刊誌にガセネタを売り込もうとする輩かもしれません。ご主人の名誉を毀損されるおそれもあります」

五郎が珍しくはっきりした物言いをしたので、私も「そう、これは断ったほうがいいですよ」と加勢した。

「瀧川さん、それではいっそのこと、ノート全部、預かっていただけます？」

「はい、私が責任を持って保管しましょう」

マンションのホールを出るや、「五郎ちゃん、どう思う」と私は質問を投げた。

「今の話ですね。あれ、怪しいです。誰かが自分に不利な証拠を探し出し、湮滅しようと企てているのかもしれんです」

「どんな証拠だろう」

「のぼるに自殺を決意させるほどの脅迫ですかね」

「うん……そうだよな……」

私はあいまいに言葉を濁したが、これは他殺じゃなかろうかという疑念がふと脳裏に浮かび、五郎に出した宿題を思い出した。

「そうそう、警察情報、手に入ったか」

「はい、それそれ」

と五郎は即座に反応し、「この入手経路は慶さんといえども明かすわけにはいきません」と勿体をつけてから話し出した。

海岸に置かれていた衣類は夏物のジャケットとズボンと絹混紡のタートルネックのシャツ。それが作法の見本のようにきちんと畳まれてあり、靴下は二つに折って片方ずつ靴に入れてあった。

遺体はランニングとパンツをつけた状態であり、プランクトンは海洋性のものが複数の臓器から検出された、というのである。

「どうだろう、五郎ちゃん、人は入水自殺するとき、そんなに行儀よくやるもんだろうか」

「ケースバイケースじゃないですか。発作的じゃなくて覚悟の上ならそれもありうると思うです」

「警察はどう見たんだろう」

「一部に、死んで禊《みそぎ》をしようとするような心理状態だという見方もあるようです。そうそう、遺書に『偽りの衣を脱いでこの世におさらばするのだ』とあったそうです」

そんな説明を聞かされても、入水するのにわざわざ衣服を脱ぐものだろうかという疑問は依然として氷解しなかった。もっとも遺書に「偽りの衣を脱ぐ」とあったのならそのとおりやったと解するほうが自然ともいえるが、これはただの比喩であり、作詞家のダミーであることへの嫌悪を語っているに過ぎない。禊という見方にしても、それなら何故ぶざまな下着姿でやったのかと反論したくもなるし、彼の立居振舞からはそのような凛乎とした志操は感じられない。

五分も歩くと東陽町の駅に着いた。五郎の自宅は私と反対方向の南砂町だから駅で別れることにして、「それじゃ」といったところで用事を思い出した。

「遺書はいまどこにあるか知ってるかい」

「もうすぐ警察から奥さんに返されるはずです」

「それ、見ておきたいな。奥さんに連絡しといてくれよ」

「はいはい、なんでもやります。三千票、三千票」

家に戻ると、預かったノートの最後の一冊がまた気になり、食卓の上にひろげた。どこかに自殺、あるいは他殺をにおわせるような記述がないものか。

私は先ず五月中旬のへんをめくってみた。するとあったあった、「湯河原」の文字が五月十六日の箇所にちゃんと記されており、正確にいうと「六郎次　湯河原　龍」と書いてあった。「龍」はむろん私の背中のドラゴンに驚いたから書いたのだろうが、私であるらしい「六郎次」の根拠がわからない。「郎次」は私の「慶次郎」から来ていると察しがつくが「六」とは何だろう。のぼるはずっと、私のことを蔭で「六郎次」と呼んでいたのだろうか。それを確かめるために五年前のノートを取って「野良猫ジョー」を発表したへんをめくると、あったあった。やはり「六郎次」とあり、それに並べて猫が魚をくわえ目を剝いている絵が描いてあった。また、その半年後の「KYOTOオンディーヌ」を発表した箇所には「六郎次　京都音大の件」と記してあった。つまり、「KYOTOオンディーヌ」を「京都音大」と下手な語呂合わせで表示したわけである。

それにしても何故私が六郎次なのか。テーブルに頰杖をついて熟考したが思い当たらず、「どうでもいいや」と立ち上がろうとしたとたん、印税の割合が六であるのを思い出した。そうか、そうするとのぼるは初めから分け前に不満で、おれを揶揄するために六郎次と呼んでいたのだな。

私は次に、寒川孤舟が幹事長室に乗り込んだという八月末に目を転じ、「長室　1秘　寒川案真白」とあるのを発見した。「長室」は幹事長室、「1秘」は第一秘書と会ったということだろう。

そこで孤舟の提案した決闘の件を聞かされ頭が真白になったのであろう。五郎の話ではその後のぼるは幹事長に一度会ったきりで幹事長室に寄り付かなくなったということだが、たしかにその後の頁をめくっても「長室」の文字は一回しか見当たらなかった。

そのかわりその以前は週に一回ぐらい「長室」に出入りしていて「1秘」とか「2秘」とかに会っている。ただ「幹事長」の記載はざっと目を通したところ五回しか出てこないから、あまり会ってもらえなかったのだろう。

もっともこの五回の記述は私にはすこぶる面白く、これを順に記すと、一番目は「カ黙」と書かれていた。「寡黙」の意味であろうが、幹事長はのぼると話すのが面倒だったようだ。二番目は「訴える政策は？」とあり、「きみ、国会議員を志すなら専門の政策を持たなきゃいかんよ」とでもいわれたのだろう。次は「順位答えず」で、これは、比例区の名簿登載順位について幹事長は当然ながら言質を与えなかったということだろう。四番目は六月上旬のところに「寒川孤舟介入」とあり、続いてこの日記では珍しく長く「私の一番会いたくない人種は憂国の士なんだよ、だと」と記され、幹事長の人柄をしのばせる。最後の記載は「天然鮎　無口」というもので、のぼるが天然鮎を献上したのに、幹事長は嬉しそうな顔をしなかったのである。

日記中もっとも頻繁に出てくるのが銭湯で、それも「松」とか「鶴」とか色々で「蛇骨」という浅草の風呂屋にも足を伸ばしている。これが少なくとも週に三回ぐらいで、その次に多いのが週に一、二度の図書館だった。

それと二週に一度ぐらいの「治療院」というのも目を惹いた。鍼かマッサージであろうが、のぼるはまだ三十三であるし、固太りのドラム缶のような体軀をしていて肩こりや腰痛には無縁のように思われたからだ。

それより何より意外だったのは歌詞の断片らしきものがいくつか記されていたことである。「好きになってはいけないひとを　胸の疼きにたえかねて」とか「春の野辺ゆく銀輪の光る川面にペダルも軽く」とか「恋の命に限りがあって　なぜに咲くのか桜花」とかが他の記述より筆圧の弱い小さな文字で綴られていた。それは、のぼるの願望の遠慮がちな表出のように思え、私は何ともいえぬ気持ちになった。

私は最後のノートにざっと目を通すと、頁を閉じしばらく考えた。ここに綴られた死ぬまでの九か月の日常の中に、死と結びつくような事実を見出すことが出来ようか。記述者の心境が一切語られず、二、三の単語からなるこの日記では、死に至る真相を見つけ出すことはとてもじゃないが容易なことではない。

そういうわけで私はこの日記に少なからず失望し、ノートを閉じたまましばらく日を過ごすことになった。

8、夕子の夢にトム・ソーヤー

のぼるの件はまだ取っ掛かりを見つけることが出来ず、私はまた島へと出かけるのであった。今日の海坊主はピンクの鉢巻に白い鳥の羽根を一本挟み、リゴレットの「女心の歌」をブギウギ調に歌いだした。私も鼻歌で合わせていたが、しまいまでついていけなかった。

私は二月前と同じように、湾に浮かぶ船のデッキに寝そべっていた。晩秋の東京から来たせいか陽が眩しく、たちまち瞼が重くなり、うつらうつらしているうちに、次の二つの情景が立て続けに現れた。

――奥嵯峨らしい所にしとしとと雨が降っている。低い峰々は灰緑に霞み、道沿いの小川や田圃から涼しい水音が聞こえてくる。

男は格子戸を背に軒下に佇み歩き疲れた体を休めている。以前は料理を商っていた家なのか、さっきちらっと見たとき透けた格子の隙間から梅の古木や柳の大木などが見え、住人はどんな人かと想像したりした。

からからと扉が開く音がして、囁くような声が「どうぞお入りやす」といった。振り向くと、藍染め紬を着た背のすらりとした女が男を通そうと半身に立っていた。

「ここは何の家？　看板は出ていないようだけど」

「よう訊いてくれはりました。それを知るためにあなたはここへ入らはるんや」

好奇心にかられて中に入ると、女は紅色の唐傘をぱっとひろげ男に差しかけた。

「大事な体や、うちにとっても」

表から見たのとちがってこの屋敷は奥行きが深く、爪先上がりの敷石が山の方へと伸びている。女は歩きだすとすぐ右に折れ、ちょっと休んでいきましょと男の袖を引いた。そこには小さな東屋があり、緋の毛氈を敷いた床几が置かれていた。女は男を座らせ、パンパンと手を叩き「お茶をお出し」と呼ばわった。

どこからか大原女のような格好をした娘が現れ、「ごめんやす、あいにくお茶が切れてしもうて」といって頭を下げた。

「すんません、行き届きませんで。うち、お詫びに何かさせてもらいます」

男は手を振り、それには及びませんよといった。

「そうはいきません。ほんならうち、これをとります」

女は左の中指からサファイアの指環をはずし毛氈の上に置いた。

「さあ次へ行きましょ」

不思議な家であった。敷石を少し登るとまた格子扉があり、それを開けて少し行くとまた東屋があり、女は女中を呼び「魚ゾーメンお出し」と命じたが今度もあいにく切れているのだった。

女は詫びのしるしに瑪瑙のイヤリングをはずし毛氈の上に置いた。こうしてその次もそのまた次も格子扉と東屋が現れ、女は鮒寿司を、鱧の落しをと命じたがどれも品切れで、女はその詫びに帯締めを、そして帯までもはずす羽目になった。

「こんなはだけた恰好、恥ずかしうてお見せできません」

いいながら女は着物をさっと脱ぎ、先に歩きだした。女は水色のビキニとゲランの香水だけを身にまとい、一歩ごとに泥を跳ね上げて気にも留めなかった。

今度の東屋では鮎の塩焼きが命じられ、これはちゃんと準備され冷酒とともに運ばれてきた。女は箸と指を上手に使って鮎の骨を抜き、ひときれを男の口に入れ、ついで盃を差し出した。男は味覚にはうるさい方だが、今日は鮎二匹と酒二合が超特急で喉を通過し、味を記憶するひまもなかった。

気がつくと女はビキニをとり毛氈にうつ伏せになっていた。

「鮎の骨抜き見てはったやろ。うちの骨もあんなように抜いておくれやす」

この夢はここで終わり、次の場面が現れる。

——晩秋のウイーン。雨まじりの風が窓に吹きつけ雨滴がひと筋ガラスに流れ、やがて絃一本がボロンと切れる音、そして静寂。

男は森の中の音楽院に石像として立っている。一八七四年この地において「ハイドンの主題による変奏曲」を初演したときのヨハネス・ブラームスその人である。

男は天性のペシミストである。自分にはシンフォニーを書く力量がないのではないか、ロベルト・シューマンが自殺を図ったのは自分のせいじゃないだろうか、この数日体が痒いのは天然痘にかかったからにちがいない。

首筋に吹きこむ雨は冷たく、頭は熱っぽく、台座の下のプラタナスの落葉のギザギザがノルウェーの海のように見える。

ああ、ここにあのひとがいてくれたらなあ……ああ自分にも微かな光が見えるときもあった。晩秋の湖にたゆたう午後の光、銀色のさざなみが次々と美しい小曲を奏でていたあのとき……あああここにあのひとがいて、私の手を握っていてくれたらそれだけでいい、それ以上何を望むことがあろうか。

ふと下を見ると、ベレー帽をかぶった若い女が自分を見上げて立っていた。あっ、クララだ、クララが会いに来てくれたのだ。おお神様。

知的な彫りの深い顔、優しい情感をたたえた眼差、そして少し首を傾げて相手を見るあのひとの癖。まさしくそれはブラームスが生涯でただ一人愛した女性クララ・シューマンだった。

「あなたはクララ、クララですよね」

男が口ごもりながら念を押すと、女はベレーを脱ぎ髪を軽く揺すりながらいった。

「ええクララよ。でもそんなこと、どうでもいいじゃありませんか」

男は女の声が若いのに不安を感じ、また念を押した。

「ほんとにクララ、クララですよね」

「そのようにこだわるところがあなたのいけないところ。ねえ、人生を愉しみましょうよ。そんな暗い目をしてないで、明るく明るく」

「人生とは暗い波濤の中にわずかな光の反射が見える、そのようなものです。私はそれをシンフォニーにしたが所詮ベートーベンにはかなわなかった」

「いいじゃありませんか。あなたには珠玉のようなピアノ曲、弦楽六重奏曲がありますもの。ねえそれより、そのボロボロのモーニングを脱いでこちらへ降りてらっしゃいな」

ブラームスがぐずぐずしていると、女はモーニングの裾に手を伸ばしぐいと引っ張った。

地上に降りた男はたちまちのうちに女の手によって着衣を剝がされ、女のマントの中に引き入れられた。ブラームスがマントに収まると、女は厳然と彼に命令した。

「わたしの着てるもの、全部脱がせなさい」

男はいわれたとおり女の衣類を震える手で脱がせていった。おそるおそる女の乳房に触れると、それはやわらかく、温かかった。ああ人生にこんな素晴らしいものがあったとは。

「ヨハネス、何をしてもいいのよ。わたしの体、すべてあなたのものよ」

そのとき森の奥から弦楽六重奏曲一番が聞こえてきた。このうえもなく優しく慰めに満ちたあの曲が。

ブラームスの仕合せな手はやがて森の泉を探り当て、そしてマントは弦楽に合わせ揺れはじめた。

眠りから覚め、目を開けた私はまだ半分夢の中にいるようだった。安楽椅子に身をもたせた私へ女とおぼしき輪郭が近づき、顔の上で硝子磨きのような手つきをした。

「慶さん、だいじょうぶ？」

「ああその声は……たしか、夕子さん」

「もう少し寝ていたら」

「あれっ、君、マントはどうしたの」

「マントって？」

「ウイーンの森のように大きなあのマント」

「あなた、満ち足りた顔してるわよ。女の人の夢、見てたんでしょ」

「あの二人、夕子さんじゃなかったのか」

「わたし、一人二役なんて出来ません」

「そういえば二番目の人、クララと名乗っていたな」

「クララさんがマントを着ていたわけね」

「うん。だけど、彼女、最後までマントを脱がなかった」

「慶さん、振られたんだよ」

「そうかなあ。こういうストーリーだけどさ」

私が二番目の夢を細大漏らさず語って聞かせると、ゆっくりと夕子の手が私の頬をねじり上げた。

「さあ、もう一つの夢も話しなさいな。さあさあ」

「忘れちゃいました。その女には指一本触れなかったもんで」

「この大嘘つき。あなたはね、こないだわたしの夢の中にも現れてほかの女と浮気したんだよ」

「ほんとうか。聞かせて聞かせて」

私は頬っぺたにある夕子の手を取り、ぎゅっと握りしめた。そしてそのまま無言でいると、

「いまはむかし、慶次郎と夕子というものありました」と気取った出だしで、話しはじめた。

「あなたは尺八、わたしは琵琶を持って世界を旅して歩いていたの。パリやヴェネツィアの路上ライブは雨にたたられ惨めだったけれど、ギリシアは天気もよく人の心も優しかった。わたしたちは不定期の船を拾い拾いキクラデス諸島の一つに着き、そこでそれが起こったのです。以上です」

夕子は私が握っている手をほどき、バイバイの仕草をした。

「ねえ君、前置きだけでおしまいなんて、それはないよ。俺、ギリシアの女と一度付き合ってみたかったんだ」

「おあいにくさま、ギリシア女性は出てこないんだよ」

「そうか、それじゃ仕方ないな。諦めるとしよう。以上」

「ちょ、ちょっと、夢の続き聞きたくないの」

「おれ、ギリシアの女にひげが生えてるかどうか、それを知りたかっただけだからね」

私は目をつむり「ララバイ・オブ・バードランド」を鼻歌で歌った。夕子はじりじりして「ねえ慶さん」と肩を揺すったが応じないでいると、両手で耳たぶを引っ張り、そして語りだした。

「ある晩港のタベルナで演奏したとき、アニータと名乗るスウェーデンの女流画家にモデルにな

ってくれと頼まれるのです。あなたがたにはゼンの沈黙に似た神秘があります、千ドル出しましょうといわれ即座に承諾します。ただし条件が一つあって、真面目に愛を語ってくれというのです。翌日の夕方海岸通りのカフェで二人向き合って語るところをアニータがスケッチすることとなりましたが、くそ真面目に愛を語るのはとても難しい。そこであなたが、俺たち少年と少女になろうよ、これなら何とかやれるだろうと提案します」

夕子はそこまでいうと、がらりと少年少女の声になり、彼らの会話を次のように展開した。

「ところで、ベッキー、僕の名前、知ってるよね。ねえベッキー」

「えーっと、えーっと、ああ、思い出した。あなたトム・ソーヤーね。ネズミの死体の大好きな」

「好きな物はそれだけじゃない。雷管箱にダニを一匹飼ってるし、あらいぐまラスカルから金ぴかの硬貨も分捕った。君、ネズミでも何でも好きなものをあげるよ」

「ネズミなんか嫌いよ。わたしの好きな物はチューインガム」

「ああそうだったね。残念ながらガムは持ってないな」

「ほしい？　わたし、いま口の中に持ってるけど」

「ほしいほしい」

「貸してあげるけど、少し噛んだら返すのよ」

「ありがとうベッキー。これで君は僕と結婚することになるわけさ。二人で一つのガムを噛むんだからね」

「おお神様、それがあなたのご意思ならば、わたしはそれに従います」

「それにしても甘いな、このガム。エミィ・ロレンスのより甘いや」

「トム、いま何かいった」

「いや……べつに……そのう」

「あなた、エミィのガムも噛んだのね」

「う、うん。一度だけ」

「一度でも二度でも同じよ。あなたエミィとも婚約したのね」

「僕、それ、忘れてた。ラスカルに頭を咬まれたもんで」

「トム、あんたって何という人。この嘘つき、女たらし」

ここで夕子の声が大人の女の声になった。

「さあて、ドンファンさんにお仕置きをしなくちゃね」

言葉つきが優しかったので私は油断していた。

何か鳥が羽ばたくような気配がした後、どーんという衝撃とともに夕子の体が私の上に仰向けに乗った。私の足の裏は床についているものの、夕子のは宙に浮いているらしい。それを確かめるべく私は手を下の方にすべらせ、冷たく滑らかなものに触れた。今日の夕子はスリットの切れ上がったチャイナドレスを着ているのだ。

「慶さんの手、何してるの。あなたは刑罰を受けている身よ」

「女看守の制服は、チャイナドレスに生足なんだね」

「お黙り。いまにあんたの背骨、悲鳴を上げるだろうよ」

「これ、後背位とかいうんじゃないの。僕たち裸になるの、時間の問題だと思うよ」

「やれるものならやってみなさいよ」

「ねえ夕子、上に行こうよ」

「どうぞ、お一人で」

私は「このあま」と悪態をつき、「また眠くなった」と断りをいってから五、六度寝息を立て、上から何の反応もないので独り言をいった。

「べつにがっつくこともないな。先は長い、先は長い」

十秒ほどしてためらいがちに夕子が訊ねた。

「慶さん、いま何ていったの」

「先は長い、とね」

「だけどあなた、ここは一年しか来られないのよ」

「ところが、もう一年来られそうなんだ」

この一言は爆薬であったらしい。夕子は私の上から跳ね起き、強い口調で反論した。

「そんなこと、絶対に出来っこないわ」

「でも、あることがうまく行けば、そうなるんだ。ここのボスが約束したんだから」

「それ、ほんとう？」

「天に誓って」

夕子は荒々しく私の手をつかみ、安楽椅子から引っ張り起こした。そしてテーブルの前に座れと手で指図し、自分は向かいに回り正座した。一途な、思いつめたような目をしていた。

「わたしたち、年季があるのよ。こんなこと、口外しちゃいけないことですけど」

私はとっさにどう応えていいかわからず、とりあえず自分も正座になり「そうか……そりゃそうだよね」とだけいった。

「わたし、来年の春までです。ちょうどあなたといっしょに卒業できる、それを人生の区切りとしようと考えていたのです」

夕子はちょっと言い淀んで目を潤ませ、またつづけた。

「ここの勤めは二年で、それが済むと相応の手当をもらい自由になり、この島とは一切関係がなくなります。あなたが冷たくした風子はわたしより若いけれど先輩で、今月年季が来てこの島をおさらばするのです」

「そうか、あなたとは来春会えなくなるのか……」

「ご免ね、余計なことといって」

「いや、俺のほうこそ……」

私は芯から夕子にすまないと思った。このような勤めなら年季があって当然なのにそこまで考えが至らなかったのだ。

夕子はそれきり無言になり、私のほうも一語も発しなかった。目を伏せてそうしていると刻々と静寂が深まり、海の底にでも引き込まれるような錯覚をおぼえた。

ふと空気が動く気配がして顔を上げると、庭の硝子戸の方へ夕子が歩を運んでいた。夕子は硝子に鼻がつくほどぎりぎりまで行って、じっと動かなくなった。外は樹木の黒い影のほか左右の庭園灯が枯れた芝生に二つの輪を作り出しているだけだった。

夕子はこの変哲のない庭から何かを得ようと目を凝らしているのか、それとも何も見ていないのか。

それにしても夕子の後姿には強くそそられるものがあった。何もまとわずそこにあるような造形的な体の線。

それを目に刻み込もうと見ているうちに、思いとちがい、別の姿に見えてきた。

夕子の内心はよくわからないけれど、チャイナドレスが体にぴったりしているのは仕立てのせいじゃなく、雨に濡れて貼りついているからなのだ。夕子の背にしとしとと目に見えないほどの細かい雨がふり、ふりつづいている。

それだのに夕子は雨に気づかず、じっと立っている。じっとじっと、世界のすべてから孤立したように、じっと。

私は何か言葉をと思い、脳天を叩きさえしたが何も浮かんでこなかった。そのかわり耳の裏辺りがざわざわし、瞼から湖水が溢れ出してきた。

「慶さん」

夕子がくるりと向き直り甲高い声を出した。作った笑顔をこわすまいとするように両手で頬をつつみ、目に茶目っ気さえ浮かべている。

「わたし、もう一年勤められるように頼んでみようと思うの。慶さん、迷惑じゃないよね」

「えっ、それは君……それはねえ」

「ダメでもともとだから、わたし、やってみる」

「しかし、僕としては、賛成はねぇ……」

「出来ないというの？」

「ああ、出来ないよ。あと一年のことはこちらもキャンセルするとしよう」

「何よ、変節漢。ねぇあなた、正直にいってよ。わたしにもう一年いてもらいたい？」

「それはそうだけど、この話、無かったことにしよう」

年季延長が夕子にかける負担を思うと、これ以外の答えは考えられなかった。

夕子は「ふん」といって私から目をそらし、さっと立つと鼻歌をうたいながら台所の方へ行った。

戻ってきた夕子は、シャンパンらしい壜と口の細いグラスを持ち、弾んだ声でいった。

「これペリエ・ジュエ、取って置きよ」

なるほどその壜は濃緑の地に白い花が描かれ、高貴な雰囲気をかもしていた。

しかしこれを何故おめでたくもないこの場に持ち出してきたのか。

そんな気持ちが私の顔に表れたのか、夕子が怒ったような口調でいった。

「これで乾杯するのよ。わたしたちの新しい門出が叶うように祈念して」

「ほうー、僕たちの門出ねぇ」

私はなおも消極的姿勢を崩さず、急かされるまでグラスに手を出さなかった。

「カンパーイ」

「カンパーイ」

私の声はからきし元気がなく、バンジージャンプの紐が切れたようだなと、自分でもおかしくなった。

「わたし、ほんとに延長を頼んでみるからね。客に例外を認めたんだから、女にも認めると思うわ。慶さんに認めたんだから、きっとボスはわたしにも認めるはずよ」

夕子は確信ありげにいい、「慶さんもこの島に来るときはくれぐれも気をつけてね」と注意にまで及んだ。そんなことはもうどうでもいいことであるのに、私はつい訊ねてしまった。

「何か客に問題でも起こったのかい」

「ここに来る途中ゴーグルをはずして追放された人がいるんですって」

「そんな人、本当にいるの」

「そっくりのゴーグルを持ち込んで、渡されたものと取り替えて来る道筋を見ていたらしいわ」

「へぇー、器用な人がいるもんだ」

「あなたそんなことしないでね。もう一年、きっとだよ」

やがて夕子が横に来て、例のマッサージをはじめた。夕子の指は、決心がついたためかすこぶる柔軟で、そっと口づけされるように気持ちよかった。

ああ、こんな平和な気分がもう一年味わえたらなあ。

そんなことを考えていると、夕子の手がとまり、その息づかいが耳に伝わってきた。

「ねえ慶さん、あなた二つの夢で、ほかの女の人と仲良くしたでしょ。だからもう一つ、わたしの出てくる夢を見てくれない」

私は苦笑しながら首を振った。「そんな器用なこと出来っこないよ」

「夢といっても、短編をひとつ作って聞かせてほしいの」

「君が登場する話をかい」

「そう。とっても素敵な女に描いてね」

私はシャンパングラスをスリムな女の体に見立て、それを手に懸命にイメージを喚起しようとした。グラスは満たされ、金色の泡が何も喋らぬうちに空にされ、二本目のペリエ・ジュエが運ばれた。この壜が半分空いたとき私は「回想的に妻が出てくるからね」、「ウイーンのクララが君に化けることになるよ」と断りのようなことを口に出し、ようやく十分後に掌編を仕上げた。

——この街を歩きだすと何となく仕合せな気分になる。男にとってそんな街が横浜元町であった。ここのイルミネーションはやわらかく雨上がりの虹の下を通るような感じがするし、けたたましい音楽が聞こえることもない。いまはクリスマスだから装飾はされているが薄い雪化粧ほどで、聞こえたり聞こえなかったりのジングルベルがまた好ましい。

「あなた、きょうはとてもうれしそう」

「君といると、いつもこうじゃないか」

「そうかしら。この街に何かいい思い出があるみたい」

「それはないが、クリスマスというと僕は……」

男は少しためらったが正直に話しだした。この街に来るといまだにこんなことを想うことがある。クリスマスに妻と、きっと授かったはずの息子を連れてここに来て、息子には帆船の模型を妻には和装ハンドバッグを買い豪勢な食事をする、なんてことを。

「すまない、気を悪くしないでほしい」

「いいえ、ちっとも。わたしでよかったら買い物に付き合うわ。あなたが授かったはずのボーイのために」

男と女は模型の帆船を求めて商店街を歩き回ったが見つからず、雑貨屋で日本丸の絵葉書を買った。男が女に何かプレゼントしようというと、「この街は不思議な街よ。欲しいものがいっぱいあって結局決まらないの」と女が答えた。

男はただ衝動的にマイセンのティー・カップ二個とハーシーの板チョコ一枚を買った。

「そのハーシーは全部わたしに頂戴。それから」と女は続けた。「わたしに授かるかもしれないガールのために何か買ってくださる？」

「えっ……ガールって」

「あなた、うれしくないの」

「医者に診てもらったのか？」

「まだまだ。わたしがそう期待してるだけよ。でも十分ありうることよ。あのウイーンの夜のこと……」

「君はベレー帽をかぶり、妖しげなマントを着ていた」

「あのとき森の奥から流れてきた弦楽が乳色の優しさでマントをくるみ温めてくれたのよ。ヨハネス、わたしあの晩、女の子を身ごもったはずよ」

「そうか、ではそのガールのために何か買おう。クララ、何がいいかな」

「物は要りません。ただ一人っ子じゃさびしいから弟をプレゼントしてやってください」

男は立ちどまりしばし女の顔を見つめ、その頰に軽くキスをした。

「そうか、ガールに続いてボーイをつくるか。今日は、霧笛楼は素通りしないでフルコースといこう。そしてニューグランドに部屋をとり、お姉ちゃんに気づかいながら弟をつくるとしよう」


島からの帰りはぐっすり寝込み自宅で降ろされる五分ぐらい前に目覚めるのが通例であり、今日はその五分の間に一つのことが頭に浮かんだ。体の伸び伸びとした具合から夕子のマッサージを思い出し、そこからのぼるの日記にある「治療院」を連想したのである。

ひょっとすると、のぼるもまたあの島に通っていたのではないだろうか。「治療院」と呼ぶあの島に。

しかしそんな偶然がこの世に起こるとも思えないし、だいたいあの男がどんな手づるであの島に行けるのか。

家に帰ってからもそんなことを考え続け、やがて午前二時になった。もう考えるのはやめようと水を二杯飲みベッドに行こうとしたときだ。私の脳裡に、天田↓KYOTOオンディーヌ、天田→あの島、ＫＹＯＴＯオンディーヌ→大月のぼる、のぼる→あの島という四段論法が浮かび、ひょっとするとあの島に、という考えのほうが強くなった。

翌朝、寝起きのぼんやりした頭に、「治療院」の単語が真っ先に浮かんだ。私はベッドを跳び起き、和室の戸棚にしまってあるノート五冊を食卓に持ってきた。いつもはトーストとミルクの朝食を今日はミルクだけにして、早速今年のノートを開き「治療院」を調べると、年初から記載があった。次に昨年分を見てみると、十月上旬から「治療院」が始まったらしく、それ以前はこの記載が全くなく、これはやはり慢性の腰痛などではないと思われた。私は念のために五郎の自宅に電話し、「のぼるがマッサージなどに通院していたなんて耳にしたことないです」との返事を聞き出した。

さらに、何かきっかけはないものかと、目を最初の通院から遡らせていると、その二週間前に「同業パーティ　天田一星　京都音大」という記述にぶつかった。新曲披露か何かのパーティで天田に会い、京都音大（ＫＹＯＴＯオンディーヌ）が大好きだとでもいわれたのであろう。

私はさらにその近辺に目を凝らし、パーティの一週間後に「世田谷Ｓ邸　浦島」とあるのを発見した。「浦島」が竜宮城行きを指すとすればＳ邸においてあの島へ誘われたということではないだろうか。それが素直な解釈と思われるが、Ｓ邸とは誰の邸宅のことなのか。これが天田邸であれば、一週間前に実名を出しているのだからわざわざ匿名にすることもないわけである。

だが待てよ、と私は考えた。パーティで天田に出会ったことはのぼるを少年のように興奮させたかもしれないが、実名を隠さねばならないような出来事ではなかったのである。それが、一週間後天田邸で隠微なトリップを持ちかけられ、それを受け容れたとき、天田は実名で記してはならない人物になったのだろう。のぼるの日記はインクの濃いボールペンで書かれており消しゴムで消すようなわけにはいかないのである。

しかしなぜSなのか。私は天田一星の四字を想い浮かべた。数分のうちにその文字が、一星から星へ、星からSTARへ、そして最後にSの一字になって目におさまった。

私はほかにS邸の記述はないかと二冊のノートに目を走らせた。駆け足で見たので見落としがあるかもしれないが終わり近くに二箇所あり、一つは九月二十一日で「世田谷S邸かなり難色」とあった。のぼるが何事かを頼みに行き、色よい返事をもらえなかったということか。もう一つは九月二十八日で「世田谷S邸　快諾　鎌倉カ婦」と記載されていた（ちなみにのぼるが入水したとされるのは九月三十日である）。前回、難色を示された頼みごとが快く引き受けられたのであろうが、「鎌倉カ婦」は鎌倉に住む寡婦と推察がつくものの、その趣旨は不明である。

いずれにしてもこれらの記述からすると、のぼるとSの間はうまく行っていたようであり、Sが天田だとすると、天田がのぼるの死に関わっているとは考え難い。そうすると自分はこれからもあの島に安んじて行けるわけか。

ここまで考えたとき、私は大事なことをのぼるの細君に聞かなかったのを思い出した。すぐに電話をかけ、「遺品の衣類はいつ買ったものですか」と聞くと、細君は次のように答えた。自分はぼんやりのほうだし、衣類はだいたい主人が買ってくるので正確にはわからないが、上着とズボンはだいぶ前から何度も着ているのを記憶している。ただタートルネックのシャツは見た覚えがないから最近買ったと思えるがよくわかりません、と。

続いて、クリーニングも本人が出すのかと訊ねると、それはわたしの役目ですと細君は答え、あのシャツは見た記憶がありませんともう一度繰り返した。

私は考えた。九月二十九日の箇所に「日本橋」とあるが、ひょっとするとこれは「髙島屋」か「三越」のことではなかろうか。もし彼がデパートで買物をしたのだとするとその念頭にあったのは美人の鎌倉寡婦であり、洒落たシャツで気を惹こうとしたのにちがいない。仮にこの推測が正しいとすると、その翌日に自殺することは考え難い。

もちろん、細君にはこの点は触れず、さりげなく「レシート類は残ってないでしょうな」と訊ねた。思ったとおり「ええ」と答えたので「なに、大したことじゃないんです」と電話を切ろうとすると、「日記の件で同じ人が電話してきたので、それらしいものはないと断りました」と教えてくれた。

9. 死と真実

のぼる夫人に電話をかけた日の午後、早見薫が幹事長の件で事務所に報告に来た。二人が麻布の料亭で会ってからどういう成り行きになっているのか。シクラメンの鉢を抱え颯爽と入ってきたところを見ると上々の首尾だと察せられた。以下はその報告である。

――西麻布のなだらかな坂道の中程に、その料亭はあった。短い石段を上がると人とも齧歯類ともつかぬ石像があり、その目に灯火が入り足元を照らしていた。表の格子戸は開けてあり、中の踏み石を行くと、右手の植え込み越しに池に映る灯籠の灯が見えた。

薫はベージュのパンツ・スーツ、首にも同色のチョーカーを巻き、手に持ったコートで男の手を隠し玄関に立った。水玉小紋の着物を着た女将らしい人が現れ、薫を一瞥、驚きと好奇の混じった表情を浮かべたが、眉をひそめたような感じはなかった。薫は瞬時にこう判断した。この女将のいまの表情は相手を男と見破ったのじゃなく、大館三郎がここで女と会うなんて意外や意外と思ったからだろう、と。薫は何だかうれしくなった。

庭に面した奥の部屋に案内され、五分ほど待つと、幹事長が声から先に現れた。

「お待たせ、お待たせ、ミス・キャロル」

入ってくるなり「三越」の紙袋から何か取り出し、照れくさいのかこんなことをいった。

「野党が審議拒否してくれたお蔭で時間が出来てね。さあ開けて開けて」

包みは二つあり、一つは黒地に黄の薔薇が刺繍された手袋で、薫はそれを手に当て「わあ素敵」というにとどめ、指を通すのはやめておいた。もう一つの包みはワラビ餅で本物の竹の皮に入っていた。薫は「わあ、わたしの大好物」といいたいところを「わあ、これ何ですか」とごまかし、テキサス娘としてのアイデンティティを保った。

「さあ一つ食べて」

幹事長は一切れを手でつまみ「あーん」といいながら薫の口に入れ、自分の口にも放り込んだ。そこに女将が現れた。というより、敷居のところでそれを目撃したようで、幹事長を見る目が「あれあれ」といっている。

「わかっとる、わかっとる」

幹事長は袋からもうひと包みを出し、女将に渡した。

「これもワラビ餅。これ口止め料。高い口止め料よなあ」

女将はその包みを押し戴き、口にチャックをし、にっこりと薫に笑いかけた。

「お嬢さん、何かお好みは？　今日は白子のいいのがございます」

和紙に筆書きされたメニューを渡され、薫はあわてて目を遠ざけた。

「わたし、読めません」

「この人はテキサス生まれでね。白子はやめたほうがよさそうだ」

白子は薫の大好物である。といっても一度自腹で食べて目の玉が飛び出るほど取られ、それから縁切り状態なのだ。この際ぜひにと思うけれど、テキサス生まれのキャロルとしては宝を前にして沈黙するより仕方がないわけだ。

一方で薫はこうも考えた。ひょっとするとこの人物、相当のケチなのかもしれないな。だけどそれはつまり、保守党の公金で飲み食いしようとするようなケチな男ではないということになる。薫は白子を食えないことがちょっぴりうれしくなった。

幹事長は失礼するよといって上着を脱ぎ、眼鏡をはずしお絞りで顔をごしごし拭った。何度かの往復でようやくタオルが顔から離れると、分厚いレンズに隠されていた幹事長の目が全容を現した。

垂れ目である。泣き笑いの目である。少し焦点がずれているような茫洋の中に澄みきったものがある。秋の大気の中に鬼ヤンマがいる、きっといると空を見上げているような、そんな目である。

「ミス・キャロル、僕はぼけっとしたいとき眼鏡をはずすんです。ど近眼だから周りのものがはっきり見えない、これがいいんです」

幹事長はそういうと、今度は体をうつ伏せにして腕を立て「エイッ」と逆立ちをはじめた。足を真直ぐに伸ばし数秒、それからくの字にまげて前に進み壁に爪先をつき静止すると、逆さの顔で薫に笑いかけた。

「ミス・キャロル、あなたもやんなさい」

薫は器械体操が得意で倒立には自信がある。一瞬立とうとしてふと幹事長のズボンが目に入った。万有引力の法則かジッパーのあたりがもっこりと膨らんでいる。危ない危ない、自分がああなってはこの芝居、一巻の終わりである。わたしまだ足が痛いんです、と薫は間違えないように左足を撫でながら答えた。席に戻ると大館三郎はこんな質問をした。

「キャロルさん、政界、つまりポリティカル・ワールドは何から成り立っていると思います？」

それは水素と酸素とボウフラですという答えが浮かんだが薫は黙って首を振った。

「それはジェラシーとグラッジです。グラッジは怨念と日本語ではいってます。僕はこういうものを追っ払うために眼鏡をはずし逆立ちをするんです」

「ほかに何かありますか？　ワールドを変えるものは」

「変装です。サングラスをかけ山羊ひげをつけハンチングをかぶり、ぶらりと上野の居酒屋に入ったりするんだが、僕は出来ればあれがねぇ……」

「出来れば、何がしたいですか？」

「女装をしてみたい。女装をしてNHKを歩いたら愉快だろうな。しかしこの顔と体じゃなあ」

女装と聞いて薫は飛び上がりそうになった。「女装をしてみたい」の次に「君のように上手にやりたいね」が続くんじゃないかと思ったのである。薫はあわてて話題を変えた。

「この間大館さん、記者の人にわたしのこと自分の娘といいましたね。あれからほんとうのこといいました？」

「あの日の夕方中馬君が来て、先生冗談でいってるのかと思いましたが、あの娘さんの目が本当の娘だと告げていたんで自分はさっぱりわからなくなりましたって。それで僕はこういってやったんだ。あれはやっぱり自分の娘じゃなかろうかと」

「うれしいです、とっても。でもわたし、娘でないほうがいいです」

「というと？」

「恋人のほうがいいです。大館さん、わたしのことキャロルと呼んでください」

「キャロル、キャロル。おお人生はなんて素晴らしいんだ、なんて素晴らしいんだ」

二人はビールのグラスを高くかかげ、軽く打ち合わせて一気に飲んだ。

とそのとき、女将が襖を開け「秘書さんから電話です。携帯にかけたけど切ってあるとかで」と緊張した面持ちで告げた。

「やれやれ、俺は動かないぞ、何が起こっても」

数分後戻ってきた大館はひどく意気消沈した有様で、それを隠そうとする余裕もないように見えた。

「黒木が倒れた……黒木が危ない……」

それだけいうと幹事長は絶句し、しばらく身じろぎもせず頭を垂れていた。

「キャロル、すまないが今日は帰ってください。近くまで送ります」

ハイヤーに乗ると幹事長は運転手に「慶應病院へ」と告げ、薫には「政界で唯一の親友なんだ」とだけいってその後は一言も発せず、薫がそっと手を膝に置いたのも気づかないようであった。

車は外苑西通りを進み青山四丁目の交差点で停止した。ここで薫は膝に置いた手にぐっと力をこめ、ためらいがちな囁くような口調でこういった。

「わたし、もう少しオオダテさんといたいです。もう少し」

すぐに反応があった。幹事長の手が薫の手に伸び、それを持ち上げ、手のひらに唇がつけられた。それはほんの一瞬のことで、遠慮のかたまりのような口づけだった。

「一緒にいてもらっても食事は行けそうにないよ」

「いいです、ちょっとの時間でいいです」

病院に着くと、大館は車が停まる前にドアを開けて駆け出してゆき、三十分ほどして戻ってきた。車の中で待機しようというのか、幹事長は何も喋らず瞑目し、薫のやわらかな手の慰撫にただ身をまかせていた。

十分ほどしてふいに幹事長は身を起こした。

「キャロル、やっぱり君は帰りなさい」

薫は即座にきっぱりと答えた。

「いやです。もう少しいさせてください」

幹事長はまた転がるように車を出て駆け出してゆき三十分ぐらいで戻ってきたが、その足取りは蹌踉として危なかしかった。

幹事長は病棟の方に顔を向けたまま、ふーっと吐息をついたりしていたが、やがて「たまらん、ここにいてあいつのくたばるのを待つなんて」とつぶやいたかと思うと、「そうだ、横浜だ、横浜だ」といって身を起こした。

「横浜に黒木と飲んだ店がある。キャロル、そこへ付き合ってもらえんだろうか、少しの時間」

「いいです。わたし時間あります、いいです」

高速に入り車はスムーズに進んだ。流れ過ぎるビルの灯、運河の船だまり、そして巨きな銀のオブジェのベイブリッジ、港の灯。

薫にはそれらの風景がいつもと違って新鮮に見え、あの港のどこかにいいことが起こるような予感をふと感じ、こんなときに何故と不思議な思いがした。

「僕はインテリとか政策通とかいわれているがそうじゃない。あいつが知恵袋だったんだ。僕はただのガリ勉に過ぎないが、あいつの頭は独創と空想に充ちていた」

幹事長は瞑目したまま喋り続けた。

「名利を求めず……辺幅を飾ることもなく……女を愛し女に愛され……死なないでくれ黒木……俺を一人にするのか……俺を一人にするのか」

馬車道通りに着くと幹事長はハイヤーを帰し歩きだしたが、黒木と飲んだ店の名を思い出せず、ただ料亭「鶴亀」の付近というだけで、その鶴亀も駐車場に変っていた。

「その店の名、日本の名前でしたか外国でしたか」

「あの店に着いたら、店の名を思い出せると思う」

薫は大館の顔をとくと見たが真面目そのものである。保守党の幹事長ともあろう人間がこんな状態になるとは、よほど黒木への思いが深いのであろう。

「オオダテさん、そこへ行ったのはどのくらい前です？」

「まだ駆け出しの頃だから、かれこれ二十年か。その後何回かは来たんだが」

ここに至って薫は決心した。喉も乾ききっていることだし、どこでもよいからとにかく入ってしまおうと。

「オオダテさん、眼鏡をはずしてください」

幹事長は素直に眼鏡をとって胸のポケットに入れた。薫は幹事長の腕を取り、当てずっぽうに馬車道通りから路地に入った。見ると十メートルほど先に「幸子」というピンクの看板を掲げた店があった。看板は古い小さなプラスチック製で、ここなら幹事長のポケットマネーでも大丈夫と薫は判断した。

「オオダテさん、ピンクの明かりが見えますか」

「ああ、かすかに見える」

「あの店ですよ。黒木さんと来たのはきっとあそこですよ」

「おおそうかそうか」

店の前まで来ると大館は胸の眼鏡を出し、「幸子」の看板を見てうんうんとうなずいた。

「オオダテさん、入りましょ入りましょ」

「うん、入ろう入ろう」

入るとカウンターだけの小さな店で、ママらしい六十年配の女とそれより少し若そうな女がカウンターの中にいて、客はいなかった。ママらしい女が目をみひらき手をぽんと叩いた。

「大館さん、保守党の大館さんですよね」

「おおママさん久し振り、何年振りになるかな」

「いやですよ大館さん、初めてですよ、お目にかかるのは。でもどうしてうちのような店に」

「そうか初めてか。私には初めてと思えないが、まあ少し休ませてください」

幹事長はそこが指定席であるように中程の席にどっかり座り、ここここと薫に手招きをした。

薫が腰を下ろし店の二人に挨拶をしていると、幹事長の手が彼女らの前に一万円札を一枚ずつ置いた。

「まことに失礼、まことに些少でありますが、受け取っていただきたい」

「何ですの、これ？」

「口止め料でござる。それにしてはあまりに小さいが、こらえてつかわさい」

「大館さん、これ、いただくわけにはいきません。どうぞお仕舞いください」

「まあそういわんで。今夜は深く潜行したいのです」

「口止めされると女はどうなると思います。べらべら喋りまくりますよ」

「ありがとう。じつは喋ってほしいんだ。こちらのキャロルとの大ロマンをね」

四人はビールで乾杯し、一杯を飲み干すと幹事長はやっと空腹に気づいたらしく寿司六人前を注文させた。幹事長は立て続けにビールを五、六杯飲み、次はバーボンのロックに変え、ようやく正気に戻ったようだ。

「ママさん、客の入りはどうですか。ここんとこ上向きになってきたでしょう」

「とんでもない、ご覧のとおりです」

「そうですか。これはひとえに政治の責任だ。それじゃ一曲歌わにゃなりません」

幹事長はお詫びのしるしにといってカラオケで「青い山脈」を歌った。

「ところで先生、わたし、ずっと男日照りなんですけど、何とかなりません」

「ママが男日照り？　そんなに乾いているとは見えませんが、日本男子を代表してあなたをうるおします」

幹事長は「雨雨ふれふれ、母さんが」を歌い、歌い終わると薫から質問を一つ受けた。

「男ひでり、わかりません。オオダテさん」

幹事長はうーんと唸り、三十秒後にその頭脳から次の答えをひねり出した。

「ノー・マン・アクセス・ツゥー・ディス・ウーマン・ソー・ロング・タイム」

とそのとき携帯が鳴り、幹事長は立ち上がって耳にあてた。そうしてただうなずくだけで一語も発することなく電話を切り、カウンターに片手をついた。実際は一、二分であったろうがおそろしく長く感じられた沈黙の後、幹事長は身を起こし財布から数枚の一万円札をママに差し出した。

「しばらくの間、ここを貸切にしてください。それと何か花を買ってきてほしい」

「何ですの、これ？」

「黒木代議士が死んだ、黒木が死んだんだ」

「黒木って、黒木麟太郎先生ですか？」

「そうだ、薩摩の黒木だ、日本の黒木だ」

「わたし、先生と同郷です。そうですか、あの方が亡くなったなんて……あの方が……」

ママは信じられないというように首を振り、それからそっちが薩摩の方角なのか扉の方に向き頭を垂れて合掌した。終るとママは紙幣の一枚だけを取り、残りを幹事長の方に押しやり、自分の財布からも一万円を出しホステスに花を買わせにやった。

それからママは便箋の裏にマジックで「本日臨時休業させていただきます。ごめんなさい」と書いて扉に貼った。少ししてホステスが腕一杯に花束を抱え戻ってきた。

「黒木よ、ここにお前の遺影はないけれど、お前の人懐っこいその顔は、お前を知る人を魅了してやまなかったその笑顔はみんなの瞼に刻みこまれているぞ」

「けんぱい」

四人はグラスを目の高さにかかげ献杯をした。

「黒木よ、お前を初めて見たとき、おれはこんな肥溜臭い野郎にゃ国政は向かんと思い、お前はこんな四角四面のインテリは犬に食われて死んでしまえと思ったよな」

「黒木よ、政治家として国益と地元の利益のいずれを選択するのかなどと俺が青臭い議論を吹っかけたときお前はいった、自分は薩摩を愛している、それだけだと。しかしお前は国以上のものを愛していたのだ。薄くなった頭のてっぺんから爪先までお前は人間に対する泥臭いほどの愛で満ち満ちていた」

幹事長は話し続けた。背筋を立て昂然と頭を上げ、弔辞のリハーサルをしているのである。薫はなぜかほっとした。

「黒木よ、参議院と試合をしたとき、俺はピッチャーお前はキャッチャーで、俺は球種のサインを決めようといったがお前はそんなこと要らんよと応じなかった。俺は高校時代はエースで、カーブもシュートも鋭く切れるんだ。それをお前は苦もなく捕球しニコニコしていたな。何という柔軟なやつなんだ。俺はお前のそんなところにどれほど助けられたことか……」

「全国を遊説して歩いたよな。知らない街の知らない酒場に入るのが好きで、俺は店の扉を開け中を窺って気に入らなかったら入らなかったが、お前は違う。お前は扉を開けると常連のような足取りで入っていって……そうだ……そこには必ず百年の知己のような女性たちがいて……まるで小学校の同窓会のようだったなあ……なあ黒木」

話が途切れがちになってきた。声がくぐもり語尾が不鮮明になった。

「俺はずっと栄光の絶頂で死ぬのがいいと考えてきた。オリンピックのマラソンのトップでテープを切って絶命するのが理想だったんだ。しかしお前は違っていた。カマキリが秋の終わりに砂色になってぽとりと土の上に落ちる、もう、カマキリが土か、土がカマキリかわからなくなる……それが理想の死なんだといってたな……おい黒木、お前砂色のカマキリなんかになっちゃいないぞ……早過ぎるじゃないか……横浜の一隅の小さな酒場にもお前の信奉者がいるんだぞ、花をいっぱい捧げてくれるほどの熱い思いを抱いて……」

幹事長は絶句し、ポケットからハンカチを取り出した。眼鏡をはずし顔を拭い、深呼吸を何度かしてから「惜別の歌を」といった。

「遠き別れに耐えかねて　この高殿に登るかな　悲しむなかれわが友よ」

咆哮が歌にとってかわった。その泣きっぷりは咆哮としかいいようがなかった。人間がこれほどのスケールで悲しみを表現するなんて……ああ何といったらよいのか、と思ったとたん薫の目は溢れくるものでいっぱいになった。

惜別の歌が終わると、大館はクイッとバーボンを飲み干してママに頭を下げた。

「これで吹っ切れました。ありがとう」

店を出ると大館は「一緒してくれてありがとう」と薫にいい、タクシーを拾おうとした。

「待ってください。わたし足が痛い」

薫は右足に重心をかけ幹事長に寄りかかった。

「アパートの前まで送っていこう」

「わたし、もう歩けない」

「ここでタクシーはつかまるよ」

「わたしをどこかで休ませてください」

「キャロル、それは、君……」

「わたし歩けます。でも、こころが歩かないです」

「それは、キャロル……」

「オオダテさん、わたしの手の平にキスしました。それ、唇にキスしたのと同じです。それ、わたしを抱こうとしたのと同じです。わたしをどこかで休ませてください」

——話がここまで来たとき、私はようやく口を挟んだ。これからの具体的経過は聞きたくないという気持ちが頭を擡《もた》げてきたのだ。

「それで、事はうまく運んだのか？」

「ええ、それなりにね」

「ラブホテルに入ったのか？」

「いいえニューグランドよ。あのひと眼鏡をとったらそう簡単に気づかれないわ」

「薫が同性であること、ばれなかったのか」

「さあ、どうかしら。あのひと赤ちゃんみたいで、わたしのなすがままにまかせていたわ。だいぶ酔ってもいたしね……」

「証拠はとったんだろうな」

「録音機は持っていったけど使わなかった。大館さんが好きになったんだもの、使えっこないわ」

「薫、そりゃないだろう、それじゃ何もかもぶち壊しじゃないか。この俺はどうなる、この俺は」

「何が壊れたというの？　こんなことで、わたしと慶さんの仲が壊れるの？　そうじゃないでしょ」

夕子とのもう一年がこうも簡単に潰えてしまうとは考えもしなかった。そのことに少なからぬ望みを抱いていただけに私の受けた衝撃は大きく、全身の力が失せ地に沈みゆくような感覚に襲われた。

しばらくして私は無理矢理身を起こし、洗面所に行き水を二杯飲み顔を洗った。

「慶さん、カンヌ旅行、船で必ず行こうね。こんなことで計画取り止めなんてイヤだよ。ねぇ慶さん、聞いてるの」

少しして私は答えた。

「聞いてるよ。そうしよう、そうしよう」

私は続けて薫に話しかけた。声には出さなかったが胸のうちで深々と頭を下げながら。

「薫よ、すまないことをした。この件の報酬はないといったけどあれは嘘だ。報酬の大きさに目が眩んでついてはいけない嘘をついてしまった。すまない、ほんとにすまないことをした」


幹事長の件が失敗に終わり、私は自分の島行きも幕を閉じようという心境になった。あと一度だけ行って引き続き来られなくなったことを夕子に告げ、謝って終わりとすることにしよう。期限の春まで通い続けることは天田に甘えることになるし、未練が増すばかりで悲しい結末を見ることになるだろう。いまなら愉しい思い出だけが残されている。

こうして島行きを断念すると、物事をそのために都合よく考えること、すなわち天田に好意的に考える傾きがなくなり私は冷静になった。するとまたしても天田宅の電話の間奏曲が気になった。あれをKYOTOオンディーヌから埴生の宿に変えたのは、のぼるの死に関わることではないのか。

私はまたのぼるのノートを開いた。最後のノートの九月二十八日、「世田谷S邸　快諾　鎌倉カ婦」の鎌倉寡婦に目が惹きつけられた。先日これを読んだときは趣旨不明でやり過ごしたのだが、鎌倉はその三日後にのぼるの死体が発見された場所であり、強い関連性が感じられる。「鎌倉寡婦」を「鎌倉在住の美しい寡婦」と解すれば、女好きののぼるのことだから、天田の甘言に乗せられて、鎌倉へのこのこと出かけたことも考えられる。仮にもし天田が甘言を使ったのだとすると、「快諾」も天田の芝居であり、実行する気などなかったのである。つまり、頼まれごとを実行する前に大月のぼるを無き者にするのであるから。

しかし、そもそものぼるに殺されるような理由があるだろうか。自分は島行きを断念した反動から天田を悪く考え過ぎているのではないか。

考えあぐねながら私の視線は自然、翌日の二十九日、「日本橋」の記述の上に移り動かなくなった。ここにこれを特記したのは、やはり鎌倉寡婦が作用しているのではあるまいか。だとするとその翌日に自殺などするだろうか。

私はさらに新事実を見つけようと、「治療院」の箇所を初めから読み直した。これまで目を通した限りではただ三文字が綴られているだけという印象だったが、昨年十二月上旬の所に歌詞の断片らしいものが付記されていた。「宵闇せまれば　こころ蒼ざめ　かにかくに」という文句で、一見して何かチグハグな感じを与えられる。それはなぜかと考えるうち、私はそれが「かにかくに」の唐突さにあると気づいた。いったいここに「かにかくに」を持ってきたのぼるの意図はどこにあったのか、いかにも不自然である。

と、そう思ったときである。ふいに、「かにかくにって、どんな意味かしら」と夕子から質問を受けたことを思い出した。

とっさに私は考えた。そうすると……のぼるも……のぼるも同じ質問を受けたのだろうか。日記の文句がチグハグなのは、「かにかくに」が話題になったことを書きたかったからで、他の文句は付け足しなのだろう。

思考がここまで来て、私は一つの事実、単純といえばあまりに単純な事実に正面衝突されたような衝撃を受けた。

「かにかくにって、どんな意味かしら」

そんな特異な質問をする人間があの島に二人もいるとは考えにくいから、のぼるの敵娼《あいかた》も夕子さんだったということになりはしないか……。

私はしばらくの間、何ともいいようのない気分に陥った。知らぬ間に椅子を立ち、家中をうろうろ歩き回り、そのうちちつい和室に足を踏み入れ仏壇に直面することとなった。そこにはウイーンの妻が顔中で笑っている写真があり、私に向かって「馬鹿っ」といってるようだった。これでだいぶ落ち着いた私は食卓に戻りビールを一本飲むと、こう考えるようになった。そうだ、夕子さんはいつも、そして少しの技巧もなく、真心をこめて私を遇してくれたのだ。あたかも世界に男はあなたしかいないのよ、とささやくごとくに。

気持は平静に戻ったものの気になることが一つあった。夕子の質問にのぼるがどう答えたかということである。もしのぼるの返答がありきたりだとしたら、後で、あたかもこれの作詞家であるような私のコメントを聞いて夕子は奇異に感じたのではないだろうか。ひょっとしてこの曲の真の作者は慶さんではないかしらと。

そういえば、私は夕子に対し、無防備に詩を口ずさんだりした。白秋の「思い出は首すじの赤い蛍のひるすぎのおぼつかない手ざわりのように」とか朔太郎の「しののめのまだきに起きて人妻と汽車の窓より見たるひるがほ」などなど。

なおもノートに目を通すと、治療院の三文字だけで済まされていない箇所がもう一つ見つかった。今年の四月中旬に「頬のソバカス　不良を気取る　文学少女」と記されており、これも「文学少女」が邪魔をして、歌詞であるとは認め難かった。頬にソバカスがあり、不良のようにぞんざいな口を利くといったら思い浮かぶのは風子であり、文学少女といわれればそれも当てはまるような気がした。彼女が放った科白、「全裸でワルツを踊った男女がウイーンには無数にいます。モーツァルトも、たぶんシュニッツラーもね」を思い出したのである。

のぼるがここに風子のことを記したのはそれなりの強い印象があったからだろう。彼の敵娼は夕子だったようであるが、彼もまた一度風子をあてがわれ、アブノーマルなセックスを経験したのではなかろうか。そういうことをするのは、一人の女に溺れないようにするあの島のきまりなのかもしれないし、そうだとすると夕子が千枚通しを胸に当てたのも芝居だったということになる。

私はこの問題をこれ以上考えないことに決め、家を出た。家から事務所まで四十五分の行程の間、ずっと頭の中から離れないものがあった。「文学少女」の四文字が壊れかけた蛍光灯のように明るくなったり消えかかったりしながらついてきた。

それが事務所の机に座り、何げなく抽斗を見たとたん、はっきりとした。「文学少女」は文章が好きなひとであり、文を綴るひとでもあり、ときにその文を人に渡すひとである。

私は抽斗を開け、古い備忘録に入れたはずの風子の文を探し、見つけ出した。それは詫び状であり、お互いに詫び状を書き合い相手に渡したのだった。こんなことをするのが風子の趣味であり、娼婦としてのせめてものすさびであるのだろう。

だとすると、のぼるもまた風子と二人で同じようなことをしたのではあるまいか。日記の「文学少女」という記述はその遊びのことを書きたかったのではあるまいか。

思考がそこまできたとき、脳天に鋭い閃光が走り、私は思わず身震いをした。もしそのとき二人が書き合った文章が遺書であるとしたら……鎌倉海岸に置かれていた遺書であるとしたら……。

二日後に五郎からのぼる夫人が遺書を届けに来たとの連絡があり、早速議員会館に出かけた。

「ぼくは死ぬことにします。仕事に行き詰まり将来に希望を失い、妻と二人の息子には申し訳ありませんが死ぬことにします。古いイヤな衣を脱いでこの世におさらばするのです。

友人、知人、沢山の人の恩顧を受けましたが、とくに大館先生には格別お世話になりました。その温かい人柄、包容力に抱かれてぼくは仕合せでしたが、僕の非才のためそれに応えることが出来なくなりました。無念でございます。

それでは皆様、これで失礼いたします。さようなら。

大月　のぼる」

これがのぼるの遺書の全文で、私が風子と書きっこをしたと同じ和紙の便箋一枚に綴られていた。そのドラム缶のような体軀に似ぬ、蟻が這うような字体は私の見慣れたもので、正真正銘のぼるの文書にちがいなかった。

「五郎ちゃん、これ、どう思う？」

秘書たちに聞かれぬよう、私は小声でいった。

「温かい人柄なんて書いてるですが、僕の聞いた幹事長の対応とはえらい開きがあるです」

「これは大館三郎に厭味をいってるんだな。ふざけて書いたんだよ、きっと」

「これがマジの遺書でないとすると、のぼるは他殺？」

声を殺して五郎がいい、私はこっくりとうなずいた。二人とも物が言えなくなり、議員会館の執務室が脳を圧するような黒い霧に閉ざされたようだった。それでも私は考え、考え続け、やがて沈黙を破った。

「五郎ちゃん、あんた、この件から手を引いてくれ」

「そ、それは出来んです。慶さん一人に任せるなんて、それは出来んです」

「これには裏世界が絡んでるようだから、俺のテリトリーだ。頼む、あんたは手を出さないでくれ。他殺の疑いも忘れてくれ。五郎、このとおりだ」

私は生まれて初めて五郎に頭を下げ、彼がうんというまで頭を上げなかった。

翌日、十五分で済むからと天田に面会を申し込み、何時間でもという返事を得て天田邸に出かけた。

この日は家へは通されず、玄関の左手、カイヅカの生垣に沿った小道を芝生の庭へと案内された。「あそこでお待ちください」と若い衆が東屋を指し、「ありがとう」と私は軽く手を上げ芝生の上へと歩を運んだ。

芝生の周りの木々はあらかた葉を落とし、樟や樫の大木と小さな石庭の背後の松が緑を残しているだけだった。春に来たときより空が広がり、金色のラッパを吹いて雲を払ったように輝かしく晴れていた。

光をいっぱいに受け淡い黄に染まる芝生の真中に、ぽつんと青磁の丸椅子があり、その上にあのトラ猫がきちんと足を揃えて眠っていた。そっと頭を撫でると、耳の片方をぺこんと下げ、どうにかこちらの想いに応えてくれた。

私は東屋の方に足を運んだ。檜皮葺の円錐形の屋根の下、ふとい丸太の柱を中心に円形のテーブルがしつらえられ、それをドーナツ型のベンチが囲んでいた。風雨のためか消し炭色がところどころ緑青をふいたように斑になっている。

腰を下ろすと間もなく反対方向から天田が現れた。今日は茶のツィードのジャケットにコーデュロイのベージュのスラックス、淡い水色の眼鏡をかけている。

二つほど席を隔てて天田は坐り、お互い片肘をテーブルにつき相手に向く姿勢になった。

「秋天ですね。猫も機嫌がいいようです」

挨拶がわりに私はそういい、猫の方に顔を向けた。

「彼はいつの間にかあの椅子を自分のものにしたな」

「彼の名前、何ていうんです」

「西郷から借りて南洲とつけようと思ったが、あの猫の名にしては小さ過ぎる気がしてな」

「いまたぶん夢を見てますよ。瞼をちょっと触ったら、レム睡眠の最中でした」

「どんな夢を見てるか、わかったかね」

「小さな筏に乗って漂流してる夢だと面白いですが」

「誰か連れがいるんだろうな。夕子さんのようなチャーミングなひととかがね」

私は天田に笑いかけ、感に堪えぬという風に頭を振った。

どこからか風に乗って、強く弱く、レコードらしい音が聞こえてきた。オクラホマ・ミキサーであった。

「運動会、やってるんですね」

「いいね、ああいうのは。フォークダンス、一度はやりたかったなあ」

「でも駆けっこはいつも一番だったでしょ」

「なぜわかるんだ」

「天田少年はスタートラインに立つ前に自分より速そうな生徒にこういうんです。俺、一番にこだわってるわけじゃないんだぜ。先に行きたきゃ行けばいいさ、と爪先で運動場の土をほじくりながらね」

「君ね、私はフェアがモットーだったんだよ。少なくとも中学の頃まではな」

「天田さん」私は真顔になり、本題に突入した。「幹事長の件は失敗しました。やはり私の手に負える仕事じゃなかったです」

私は頭を下げ、おとりの女が本気になってしまったもので、とその理由を述べた。

天田は、色のレンズを通しても優しさの伝わる目で私を見つめ、諭すようにいった。

「幹事長はどうだったのかね。彼が本気になれば、それはそれでスキャンダルになると思うがな」

「大館氏は彼女を自分の娘のようにしか扱いませんでした。つまり、取り付く島がなかったということです」

「その女というのは金髪のあの娘だね」

天田はずばりといい、じつは幹事長に尾行をつけ麻布の料亭から慶應病院までは追尾させたのだが、盟友の黒木が倒れたその日に情事には至るまいと考え、尾行を打ち切らせたのだと打ち明けた。

「彼女、それから間もなくテキサスに帰りましたよ。今頃ロデオをやって馬から落ちて落馬してるかもしれません」

天田はにこりともせず、馬から落馬か、と面白くもなさそうにつぶやき、「瀧川君、君ね」と何かいいそうになった。私の翻意を促そうとしたのかもしれないが、そのとき後ろから「失礼します」と声がかけられた。作務衣を着た若者が赤橙の液体が入った風船玉グラスをテーブルに置き、引き下がった。

「瀧川君、この飲み物、何だかわかるかね」

「いただきます」といって一口飲むと、甘酸っぱく、少しほろ苦く、臭みもあった。

「何ですか、これ。味の万華鏡みたいですね」

「アムールという果物を搾《しぼ》ったのさ。熟れ過ぎるとドリアンみたいな腐臭を発するやつさ」

私は息をとめて一気に飲み、その勢いをかって天田にこう宣言した。

「あと一度だけ島に行かせていただき、それで終わりとします。幹事長の件、お役に立てなかったことでもありますから」

「夕子さんは清楚なところがあるから、熟れ過ぎなどにはならないだろうに」

天田は独り言のようにいい、「性急さは己を誤るもとだ。おおらかに春まで何度も行くことだな」と説教調になった。

「ほんとうは惚れてしまうのが怖いんです。そうなると山本権兵衛のように仲間とカッターを駆ってあの島に乗りつけ、夕子さんを足抜けさせることもやりかねない自分ですからね」

私は淡々と述べ、ひと呼吸おいてこう付け加えた。

「そうそう、記念に夕子さんに何か文章を書いてもらおう。自分も何か書いて彼女に渡すことにして」

「おいおい瀧川君、それは出来ないね。あの島は完全な孤島なんだよ。外との連絡を厳しく断っているから島の女性が客に文書を渡すわけがないね」

「ほほう……そうですか……そうでしょうか」

やんわりといったが、そこは敏感な天田のこと、やにわに色の眼鏡をはずし私の顔を凝視した。

その鋭い視線に私は構わず、背広の内ポケットからのぼるの遺書のコピーを取り出した。

「先日亡くなった作詞家の大月のぼるは秘書時代の友人で、これは彼の遺書のコピーです。この中に大館三郎のことが出てきますのでお読みになりますか」

コピーを目の前に差し出すと、天田は反射的に顔を遠ざけた。

「この眼鏡、老眼のレンズじゃないんだ。君、読んでくれたまえ」

「はい」

私は快活に答え、おそらくもう何度も相手が目を通したであろう文章をゆるりゆるりと読み上げた。

「これによると大館三郎という男、いわれるような冷血漢じゃないようですね。もう、幹事長追い落としの企てはおやめになってはいかがですか。それともこのコピーを私から奪ってスキャンダルをでっち上げますか。先生の包容力に抱かれてとあるから、じつは大月のぼると幹事長はホモの関係にあり、のぼるはそれを悩んで自殺したということにしてね」

私はそれが後生大事な宝物であるように急いでコピーをポケットにしまい、「失礼しました」と大声一番、ベンチから立ち上がった。

10. 回想のオンディーヌ

十一月の最後の土曜日、よく晴れているのに一番の木枯らしが吹き、例の公園で待つ私の肩に枯れた小枝がいくつも降りかかった。この日が夕子の見納めだと思うと、通関の面倒さはあるにせよ何か贈り物をと考えたけれど、私の心の空虚をそれで埋めてくれるものは何も思いつかなかった。

いつもどおりの煙管の儀式。そして海坊主のバリトンの声。

「ぼくは夢見た　雪のクリスマスを　幸福の訪れのように　雪は降り積み　みんな優しく　蠟燭の火をともす」

それはバーリンのホワイト・クリスマスに似てはいるが別の曲で、だんだんと旋律は暗くさびしくなった。

「ホワイト・クリスマス　あれはずっと遠い日のこと　いまはもう何もない　ひとけない街に木枯らしが吹き　犬がさまよう」

海坊主のオリジナルなのか、いつにも増して感情移入の強いその歌はついに泣き声と化し、私はしらけた気分のうちに眠り込んだ。

不思議なことに夢見は悪くなかった。瞼のうらを薄紅色の花びらが無数に舞い、浮かれ気分の私は、この島に初めて来た日のことを思い出した。あの日、私の瞼にはしんしんと雪が降っていた。それがだんだんと桜にかわったのだが、今日は反対に雪になった。

瞼のスクリーンに雪が映しだされ、やがて白のとばりを切り取るように夕子の像が浮かび上がった。切れ長な目に北国の愁いをたたえ、ほっそりと立つ夕子。その清楚な姿はいつもとかわらないが、今日は遠い国へ旅立つといった出で立ちをしていた。顔にすっぽりとスカーフを巻き、厚い外套を着て大きなトランクを提げている。「どうしたの、どこかへ行くの」と声をかけると、それはいえないというように首をつよく振り、一礼すると私に背を向けて歩きだした。その姿は見る見る降りしきる雪の中に遠ざかり小さくなった。

突然夢が覚め、ありふれた蛍光灯の照明が目に入った。

「やあ瀧川君」

ヘッドレスト付き安楽椅子に凭れていた私の肩越しに、あの男の声が快活といえるほど明るくひびいた。私は跳ね起きて振り向き、目をパチパチさせた。天田は手ぶりで応接セットを示し、私はソファに、天田は向かいの椅子へと歩を運んだ。

天田は草色のカーディガンに洗い晒しのジーンズという軽装で、気楽に一献やろうという雰囲気だったが、腰を下ろすと伏目になり膝に置いた拳を握りしめた。

それが三十秒ほど続き一つ大きく息をつくと、天田はあごを上げ真直ぐに私を見た。

「夕子さんに会わせようかどうか迷ったが、私にはそれが出来なかった。その後に自分がやることを考えると、君にとって酷過ぎるからね」

「それ、どういうことです？」

「結論をいうと、君には消えてもらう。今日、ここで、この島で」

低く、抑えるように天田はいい、いってしまうと瞼を静かに閉じた。

「私が殺される？　それはまたどうしてです」

私もまた低い声でいい、相手を直視して返事を待っていると、聞き逃すような小さな声で「先日君が来たとき、大月君のことは勘づいてるなと気がついたんだ」と答え、少し間を置いてから淡々と語りだした。

君が夕子さんとの記念に何か文章を取り交わしたいといい、自分があの島の女性がそんなことをするわけがないと反論したときの君の、そうでしょうかというあの態度。あれで、ひょっとすると風子嬢が怪しいなと感じたわけだ。というのは彼女からは日々の報告に添えて君の詫び状がとっくに提出されていたから、君たち、詫び状の書きっこをしたんじゃあるまいかと勘が働いたのだ。よく訓練された島の女性が文章を書いて客に渡すなんて想像もしなかったのだが、実際に書きっこをしたとすると、大月のぼるも風子嬢と同じことをやっただろうと君は推測するだろうし、もしその文章が遺書だとすると、その遺書は戯文ということになる。

話がそこまできたとき、「天田さん」と私は手で待ったの恰好をし、「大月のぼるはこの島にどんないきさつで来るようになったのです」と質問を発した。

「そんなこと、いまさら知っても仕方がないだろう」

「同じ死ぬのなら、何もかも知って死にたいのです。自分が好奇心いっぱいに生きたスタイルを最後まで貫いてね」

いいながら笑顔を見せると、天田もこれに微笑で応え話を続けた。

昨年九月に或るパーティーで大月君に出会い、酒を酌み交わした。自分が愛してやまない「KYOTOオンディーヌ」の作詞者であるこの男の童顔を見ているうちに、こいつを島に招んでやろうか、作詞の役にも立つかもしれんという気持が海中火山の噴火のごとくに胸に湧き起こった。自分はそれまで政、官、財の人間しか島に招いたことはなく、彼らを一年島に通わせ、その弱みを握ることで糊口をしのいできたのだが、大月君のは純粋の気紛れだった。君にも話したとおり島へ人を招く場合は必ず腕の刺青に信号が打たれ、それによって人選を誤らない仕掛けになっているのだが、大月君のは打刻が微弱だった。つまり刺青が警告を発していたのに、私はそれに従わず、結局これが命取りになったということになるな。

天田はちょっと言葉を切り、時に見せるいたずらっぽい目で私を見、また続けた。

ついでに君のことをいえば、君を島に行かせても利用価値があるとも思えないのに、なぜか強い信号がきて不思議に思ったものだ。一億円を要求しながら清貧を夢見ているような君の眼差しに強く打たれたのだろうと当時は解釈したのだが、間違っていた。君こそオンディーヌの作者であり、それゆえにブルーの薔薇があれほどの輝きを見せたわけだ。

ここで天田は、十六歳の少年のようにぴょこんと立ち上がり硝子戸の方に足を運んだ。

「おーい、これを開けてくれ」

天田が命令すると瞬時のうちにカーテンは引かれ、芝生とそれを遠巻きに取り囲む常緑の木々が現れた。芝の枯れた地面は左右の庭園灯に照らされ灰黄色に鈍く光り、木の黒ずんだ影は肩をそびやかし仲の良い友のように隊列を組んでいる。夕子と過ごしたひとときの、慣れ親しんだともいえる庭がそこにあり、天田が自分を殺そうとしている直近の未来が遠ざかったような感覚にふと私は襲われた。私を殺すとき、天田はもう一度カーテンを閉めさせるのだろうが、しかし……。


天田は席に戻り、ふたたび話しだした。

いうまでもないことだが自分はこの島のオーナーであり、接客の経過はすべて報告させることにしている。むろん閨房の営みや月並みな会話はその限りではないが大抵のことは自分に伝えられるから、オンディーヌの一件も当然私の記憶に残っていた。すなわち去年の十二月たまたま夕子さんが「かにかくに」の意味するところを大月君に訊ねると、「色々ということさ」と簡単に答えただけだった。今年の五月にまた、夕子さんがたまたま同じ質問を君にすると、君は遠く消え残る虹をでも見るような目をして、キラキラとした水音、水に映る紅燈のゆらめき、三絃の調べに溶ける女言葉、石畳の町の朝の冷たさなどのすべて、と答えたそうだね。私はこの二つの答えの違いに驚き、その人柄を比較してみると、大月君は花も実もない実際家、君はときにファナティックになる浪漫派だとあらためて気がついたのだ。ひょっとするとオンディーヌの作者は瀧川君で、それゆえ刺青の打刻が強かったのではあるまいか。そういえば大月君の偽遺書に、古いイヤな衣を脱いで云々という文句があったが、あれは自分が作詞家のダミーであることをいわんとしていて、あそこだけは本音を述べたのかもしれないぞ。

そんな疑念が頭をもたげ不信を募らせていたところ確認するチャンスがやって来た。チンピラ国士の寒川孤舟が参議院の件で相談に来たので智恵をつけてやったのだ。「美馬と大月を作詞で決闘させてケリをつけたらいいじゃないか」とね。早速孤舟が幹事長に申し入れ、幹事長がそれを大月君に伝えると真っ青になったというから、それではっきりしたというわけさ。

「そうすると」と私は手を上げ天田を遮り、ずばりと核心を衝いた。「のぼるに対する不信が高じて殺しにまでいったのですか」

「一言でいえばそういうことになるな。いずれにせよ、すべて私の指示したことだ」

「どんなやり方で殺したのですか」

「その点は話したくないね」

「こんな風にですか?」

私は自分の頭を両手でおさえ、手に力をこめ顔をしかめながら体を沈ませた。そして生涯で一番憎悪をたぎらせて天田を睨みつけた。天田は、やわらかな知性をおびた目に哀しげな翳りを見せ、喧嘩に負けた犬のように目をしばたたいた。

やがて天田は立ち上がり硝子戸の方へ行き、庭を見たまま殺しの始終を語った。いつもの口跡とは別人のような訥々とした話しぶりだった。

九月二十八日、天田はのぼるを自宅に呼び、作詞を引き受けてくれという女性がいるんだがと持ちかけた。「先頃夫を亡くした人が夫の日記帳に歌詞らしい一篇を発見し、これがあまりに素人臭いため大月先生を紹介してくれと頼みに来たんだ。これを下敷きに先生が作詞し先生の名で世に出していただければ夫の供養になるというのだが、難しく考えることはないさ。一応原稿に目を通し、これじゃまとめるのは難しいといえばそれで妻として気が済むんだよ」

天田は浮かぬ顔ののぼるに構わず、この週末彼女の鎌倉の別荘で会ったらどうだろう、彼女マドンナに似たセクシーな女でね、いい酒を楽しんでくればいいのさと話を進め、彼女からだといって金の包みを差し出し、のぼるに受け取らせた。

天田の手配で鎌倉の由比ガ浜にマンションが借りてあり、別荘として不足のない調度類も揃えてあった。そこへ、九月三十日の夕方六時にのぼるは招かれ、襟ぐりの深いシルクのワンピースを着た寡婦役の女に迎えられた。作詞の件はものの十分でケリがつき、二人は海に面したリビングのソファに肩寄せ合っておよそ二時間、二本のワインを酌み交わした。その間女は「あたし、さびしい」「思いっきり酔ってもいい？」などと気を持たせ、とうとうのぼるが事に及ぼうとすると、「ダメ、それは海に入ってからね」と焦らし服を着替えに席を立った。むろん、のぼるがカナヅチであることは調査済みである。

女は戻ってくるや「さあ先生」と手を取ろうとした。するとのぼるはイヤイヤをしてドロガメのように動かなくなった。女はなおも「ここは遠浅なのよ」「おへそのへんまで浸かればいいの」と続け、最後に取って置きの「海で、していいのよ」という文句を囁いて、やっとのぼるの腰を上げさせた。

さいわいというべきか、この日は厚く雲が垂れこめ、薄暗い海岸に人影は見られなかった。渚から五、六歩の所に二人は腰を下ろし、女は男の肩にもたれながら隙を窺い、一瞬のうちにヨットパーカーとスカートを脱ぎ黒のビキニ姿になった。「先生も早く」と促され、のぼるもあわてて下着だけになり引っぱられるまま海に入った。背が同じぐらいの二人は二十メートルほど進み、水面が胸の少し下になるところまで来た。

そこでのぼるは恐くなったのか岸の方に向き直ろうとしたが、同時に女はのぼるの肩を強く引き寄せその唇に唇を重ね合わせた。そうして、充分なタイミングで女は唇を離し、かわって八手のように大きな手がのぼるの口を覆い、声を出せなくした。後ろから音もなく、怪力の大男が接近して来ていたのである。その男は右手で口を塞ぎ、左手をのぼるの脇腹に押し付け、沖へ沖へと難なく運び、のぼるの頭を水没させると逆らえぬよう羽交い絞めにしたが、それもわずかの時間であった。

以上が天田の述べた犯行の状況で、二人の実行犯のほかに、その後のぼるの衣類などを発見したという散歩者もたぶん天田の組織の一味であろう。

天田は椅子に戻り、祈るように指を組み合わせ頭を垂れた。何か沈思しているようなその姿勢はじっと動かず、そのまま彫像になるように見えた。「えへん」と私が大仰に咳払いをすると、ようやく顔を上げ「何か飲むかね」と大儀そうに訊ねた。私はそれを断り、切り口上にこういった。

「九月二十八日、のぼるがお宅に伺ったのは、彼自身の頼み事も関わっていますよね」

「うっ」と天田は言葉を飲み込み、鋭く光る目で私を見た。「君は何故そのことを知っている」

「のぼるは日記をつけていたんです。この十年欠かさずにね」

「ほ、ほー、彼が日記をね。それは感心なことだ」

天田は感に堪えぬというように二度三度と首を振った。彼がのぼる夫人に接触させた男は逆の報告をしていたから驚いたのであろう、それをごまかすための演技であろうが、上手な出来とも思えなかった。

「あなたの名前も一度出てきますよ。のぼるが或るパーティーで初めてあなたに会った昨年の九月です。そのほか、たぶん一星の星のＳＴＡＲから取ったのでしょうが、世田谷Ｓ邸という記述が三回出てきます。むろんどこにも直接殺害を推測させるような文言は書かれていません」

「その日記、君が持っているのか」

「のぼるの遺書とともに仲間の一人に預けてあります。ただ、彼には天田さんのこともこの島のことも一切話しておりませんから」

私は宣誓の手つきをし、天田との約束を厳守していることを示し、天田は苦笑を浮かべながらも大きくうなずいてみせた。

「ところで天田さん、九月二十八日の日記に『快諾』と書いてあるのですが、あなたはいったい何を快諾したのですか。何について快諾の芝居を打ったのですか」

「お察しのとおりだ。しかしこれこそ殺害理由に関わることだから説明させてもらうよ」

天田は居ずまいを正し、穏やかな口調で次のような顚末を語った。

九月二十一日、のぼるが頼み事を持って天田邸を訪ねて来た。参議院の公認争いについて美馬が降りるよう寒川孤舟に話をつけてほしいこと、選挙資金として一億用立ててもらえないかという頼みだった。天田が派閥を訊ねると大館派と答えたので、それなら協力は出来ないねと突っぱねた。するとのぼるは今後はあなたの指示に従いますと土下座し、大館追い落としにも手を貸しますとさらに這いつくばった。これで天田は怒り心頭に発した。若い頃ならこんな変節漢はその場で斬り捨てたろうが、まあ考えておこうとだけいってのぼるを帰した。

九月二十五日、島から次のような報告が天田に届いた。この日のぼるは島に来る車中で小便がしたいと言い出した。客の中には年配の者もいるから助手席の下に尿瓶が用意してある。運転手はそれを取り、のぼるの横にいるムロウジの方に差し出し、彼女がそれを受け取るため前屈みになった隙に事が起こった。後にわかったことであるが、のぼるはつけていたゴーグルを自分の持参した物と取り替えたのである。そもそもこの島の客は紳士であるし、島の在り処を知ろうとしたら抹殺すると警告してあるからそんな無謀なことをする人間がいるはずはない。ムロウジにはそういう油断もあり、おまけに島のゴーグルも市販の物に目隠しのシールを貼り付けただけのものである。これに似た濃い色の物は簡単に手に入るから、のぼるはそれを持ち込み、途中の道筋を観察していたのである。使用した尿瓶は「どうも冷えていけない」とのぼるがいうので彼の足元に置いたままにしてあったが、島に着く直前にムロウジによって回収された。そしてその隙に、ゴーグルがかけかえられたのである。

島の地下に車が着くと煙管係の鯨丸（これが海坊主の本名らしい）が出てきて客のボディチェ

ックを、いつものとおり洋服の表面をさっと素通りするだけで終らせた。

煙管の吸飲がはじまり、やがて終わり近くになって鯨丸がふと見ると、客がゴーグルをかけているではないか。はてな、島の眼鏡はムロウジに返却されたはずだ、これはおかしいぞと手を伸ばすと、その前に客の手が眼鏡をつかみ上着のポケットに入れ、ほらこのとおりという風に両手をひろげる。そのまま見ていると、客はまた眼鏡を取り出し、またそれを仕舞い、また両手をひろげる。とうとう鯨丸も、これは夢の中で手品をやっているのだと気づき、客のポケットから眼鏡を取り出し透かしてみると、何と向こうが見えるではないか。

鯨丸は思案したすえ、これは重大事件だから現場で処理するのはまずいと考え、客に眼鏡を握らせて写真を一枚撮り、眼鏡そのものは没収しないことにした。

以上が島からの報告で、あらためてのぼるに問い質すまでもなく事実は歴然としていると天田は判断した。いずれ近々にあの男が島の在り処を知ってしまったことをネタに自分を脅し、頼み事を呑ませようと仕掛けてくるにちがいない。それを予測し、相手のフィナーレの筋書きを作り待っていると、早くも二十七日に電話をかけてきた。上ずった気負った声で至急会いたいというので、それじゃ明日と返事し、翌日顔を見るなり「依頼の件、任しといてくれ」と先手を打ち、あとは鎌倉寡婦の件に話題を移した。

「そういう次第で、島の機密に接した者は組織防衛上生かしておくわけにはいかないのだ」

吐き捨てるように天田はいい、庭の方に顔をそむけた。

「それじゃ、私を処刑する理由は」

「同じく機密保持だ。君は大月君の処刑を知ってしまったのだから、仕方がない」

天田は顔をそむけたまま弱々しい声で答えた。あごを引き締めたその顔は頬がこけ、黄土色の皮膚がいまにも裂けそうに薄っぺらく見えた。

しばらく待って反撃に出ようとしたそのときだった。

「瀧川君」と天田は私の方に向き直り、懇ろな声をかけた。「正直にいうとね、大月君を心情的に許せなかったのは島のきまりを破ったとかそんなことじゃなく、別のことだったんだよ、じつはね」

「それ……どんなことなんです」

「信じてもらえないだろうが、あの男を八つ裂きにしたいと思うほどの気持にさせられたのは彼がオンディーヌの作者ではなかったということだ。私は生涯においてこれほどの裏切りにあったことはない」

「だから電話の間奏曲をぷっつり切り替えたのですね。しかしねぇ、信じられませんよ。いくらあなたがあの曲を好きだからといっても」

「これにまつわる若い日の思い出を君に聞いてもらいたいが長くなるんでねぇ。やめておこう」

「聞かせてください。私の死期が多少延びるぐらい我慢したらどうです。ただ、その前にペリエ・ジュエが飲みたいですな」

「夕子さんだね」と一瞬にして天田は生気の戻った顔になり、しなやかな足取りで台所に消えた。

五分後に自らシャンパンを盆に載せて戻ってくると、グラスに注ぎ、「さあ」とそれを私の前に置いた。

「その前に乾杯したいのです。私としては感謝の気持をこめてです」

「感謝？　それ、どういうことだ」

「天田さんが私の助命に手を貸してくださることへの感謝です」

天田は手にしたグラスをテーブルに戻し、話してみろとあごをしゃくった。

「私はのぼるが他殺である証拠を握っています。だからあなたは私を殺せるはずがない」

私は笑みを浮かべようとしたが、天田の鋭い視線に遭い、やめにした。

「その証拠、いま持っているのか」

私はそれには答えず、「今日あなたがここに現れ、死刑を宣告することは予測してきたのです。ただし夕子さんには会わせてくれると思っていましたがね」と前置きし、「先日お宅に伺い、島の女性が客と文書遊びをするのを示唆しましたから、あの後あなたは調査してそれが風子さんだと突きとめ、彼女がのぼると遺書の書きっこをしたこと、私とも同じような遊びをしたことを察したのです。そうでしょう天田さん」と、その顔を窺った。

「さっきもいったように島の女性が客に文書を渡すなんて、そんなルーズなことをやろうとは思いも寄らなかったんだ。まったくうかつだった」

「それはいわば孤島にある人のせめてものすさび、そういう仕方でしか自己を発信できなかった可哀想な境遇と考え、大目に見てあげてください」

「私もそのように考えたから彼女を責める気はないし、もうこの島を離れた人だから一切連絡はしていない。島を退職したときは以後没交渉とすることは互いの固い約束だからね」

「とすると、どんなやり方で風子さんの情報を得たんです」

「学校時代のことを少々探ったら、彼女、手紙魔であったことがわかったのさ」

「風子さんが無事で安心しました。そこで天田さん、一億円をいただきたいのです。証拠と引き換えに、今日中に、一億をです」

私は声の上ずるのを抑え、チェロの音を意識しながら、かつあげの実行行為に及んだのだった。

天田はうーんと唸りながら椅子の背にもたれかかり、私を見て首を振った。

「証拠というのは風子嬢の書いた文書だろうが、そんなものは残っているはずがないな」

ぼそぼそと、こぼすようにいう天田に、私は内ポケットから二枚の紙片を取り、差し出した。のぼると交わした風子の遺書と私と交わした詫び状のコピーである。

「大の男があいう世界でもらった戯文を大事に取っておくとは思えないね。もっとも瀧川君のような変チクリンなロマンチストならやりかねないだろうが、あの大月君はあり得ないね、絶対にあり得ないな」

天田は紙片には目もくれず、悠々とした飲みっぷりで一杯のグラスを空にした。私はつい声が大きくなるのを押さえきれず早口にまくし立てた。

「たしかに自分ものぼるはそうだと思っていましたよ。だけど待てよ、彼もまた風子さんのいじらしさに動かされて残しているのではないかと考え直し、とうとうこれを発見したのです。何度も何度も彼の日記を読み返してね」

私は日記の一頁をコピーしたものを内ポケットから取り出した。今年四月の「頬のソバカス不良を気取る　文学少女」と記された箇所である。天田は今度はシャツの胸ポケットから老眼鏡を出し、じっとこの紙片に目を注いだ。島に残されていたのぼるの遺書を繰り返し読んだ自分の目で、日記が本物であるかどうか確かめたのであろう。

「文学少女が風子さんを指すことはおわかりになると思いますが、その記載の後にアラビア数字の1が書かれているでしょう。じつはそれを見過ごしていて、何度目かでやっとそれに気づいたのです。そして、ひょっとするとこれは彼が秘書になってつけ始めた日記の一冊目を意味するのではないかと思い当たり、ついにその一冊目に彼女の遺書を発見したというわけです」

「ふーむ」と天田は納得したような声を出し、遺書のほうも手に取った。

それには「わたし、もう何もかもが厭になりました。自分と自分の周りのすべてがです。もし白紙の遺書というものが許されるなら、そうしたいほどわたしは疲れ、筆を取るのも辛いのです。死ぬ前に礼をいいたい人、嫌味のひとつもいいたい人の顔も今はのっぺらぼうな楕円にしか見えず、わたしに残されているのは手首を切るためのわずかな握力だけなのです。これ以上、わたし、もう書けません。それでは、風子」と記されてあった。

「ふーむ。しかしなぜこれを一冊目に入れたのかな」

自問するように小さな声で天田がいい、私は得たりと答えた。

「一冊目の時代に風子さんに会いたかったのか、この島とこの文との関わりを隔離したかったのか、奥さんに見つかったとき古い話で済ませたかったかのいずれかでしょう」

「ところで君、風子文書の原本はいまどこにあるんだ」

「日記とは別の友人に預けてあります。もちろんその男にも天田さんに関することは一切話しておりません。ただ今日、二つの原本と引き換えに或る人物から一億をいただくことになるかもしれないからと、家に待機させています」

「その友人に連絡する前に君が消されたらどうなる」

「彼も、のぼるの遺書と日記を預かった友人もみんな仲間ですから、私が行方不明になったら文書を持ち寄って同じ仲間の警察署長と相談するでしょう。そうすると、のぼるの遺書は遊びで書いたこと、すなわち自殺でないことが判明します」

天田は老眼鏡をはずし、片手でつるを持ち小刻みに動かした。やがて「うん」と小さくうなずいた。

「ところで君の計画じゃ、証拠の原本と金のやり取り、どこでやることになっているのか」

「むろんこの島は論外ですが、ホテルのロビーなどは人目につきやすいから友人の家がいいでしょう。彼は一人住まいで天田邸の近くでもあります」

「君もそこに待機していて、うちの若い者から一億を受け取るという筋書らしいが、そのあと君も友人も消され証拠の原本を奪われるという事態を予測していないのか」

「私もそのことは考えました。しかし天田さんが一度差し出した金を取り返そうとするなんて考えられませんし、島のことを何も知らない人間をあやめるなどあり得ないことでしょう」

天田は少しの間目を閉じ沈思の姿勢をとったが、ふいに顔を上げ「瀧川君」と親しげに呼びかけた。

「君ね、その一億、何に使うんだい」

「はい、それはですね……」

瞬時の判断で正直に答えようとすると、天田がそれを手で制した。

「この質問には答えないでよろしい。金の行く先がどうのという前に、君は私に王手をかけたんだからな」

天田は、あの優しい、老教授が愛弟子を見るような目で私を見た。

「私は大月君を見誤っていたようだ。風子嬢の偽遺書を後生大事にしまっておくなんて想像もしなかったからな」

天田は一人で合点したようにうなずき、もう一度大きくうなずくと「一億、こっちに運ばせるよ」といって席を立った。

私は事態の急展開に呆然とし、頭がくらくらした。相手が千軍万馬の天田だけにこの状況を簡単に受け入れることが出来ず、気つけのためにシャンパンをぐっと飲み干した。

続いてもう一杯飲むと気分が落ち着き、私はこう考えた。なるほど天田は大悪党であり、ときに策略を用いたりもするだろうが、私に対してはそうじゃなかったし、この期に及んで私を騙すぐらいなら、ばっさり消すほうを選ぶであろう。

ただしかし、そうとなると今度はあの細君に一億をどう受け取らせようかと心配になった。彼女は健気な人柄で、おいそれと人の善意に甘えるような人間とは思えないからだ。二、三日前から天田攻略が万一成功したことを想定し考えているのだが、いまのところ、私の頭に浮かぶ説得の台詞は次のようなものである。

「私、じつは彼の作詞の多くに原案を提供しました。ほら、この日記の六郎次というのが私で、一年前まで頻繁に会ってたのがわかるでしょう。先日これをお借りしたのも会った日を確かめたかっただけなのです。それと、私に払った金のことをメモしてないかと調べたのですが何も書いてありませんでした。驚かないでくださいよ、彼はお礼だといって印税の何と六割を私に払っていたのです、六割も。私は何度も一割ぐらいにしてくれと頼んだのですが人一倍律儀な彼は頑として応じず、仕方なく私はこれをいつか返そうとプールしていたのです。これが入金の明細票で、自分はせいぜい一割分をもらうのが相当ですから、どうか五割分を受け取ってください、このとおりです」

天田が椅子に戻り、金の準備に一時間ほどかかるから待ってくれといった。それではこちらも友人に連絡をといいかけると、それは金が来てからでよかろうといって立ち上がり、「古い話、聞いてくれるかい」と遠慮がちに訊ねた。「ええ、喜んで」と答えると、差し向かいは照れくさいのか安楽椅子に移り、遠い山並を見るような眼差で語りはじめた。

――三年前久し振りで京都を訪れ、夜までの暇つぶしにふらりと市内観光のバスに乗り、そこで初めてKYOTOオンディーヌを耳にしたのだった。銀閣寺に行く途中の天王町辺でバスガイドが歌うのを聞き、「おやっ」と思い題名を教えてもらった。早速CDを買って家で聞いてみると、梓川マユの美しい高音の声、水のきらめくような透明さとともに、歌詞につよく惹かれるのを覚えた。まぎれもなくこれは橋川珠身を歌ったもので、梓川マユが珠身の化身となって自分の前に現れたのではないか。

それ以後この曲は、天田の胸に眠る珠身を目覚めさせ、彼女との若き日の思い出を美しく、また哀切に甦らせてくれるのであった。

それはもう四十四年前のことである。当時天田は二十八歳で、株主総会において経営方針の不合理や決算書類の不備などをつく経済通の総会屋として売り出し中であった。腕っ節が強く、総会において他の同業者を傲岸に見据える度胸も兼ね備えていたが、根が繊細な彼は総会の季節が終わると逃げるように京都にやってくる。そして東映撮影所から借りてきた衣裳を着て奇矯な行動に及ぶのである。当時の東映の大御所片岡千恵蔵を、友人の紹介で知り、撮影所内はどこもフリーパスであった。

その年天田は雲水の衣装と尺八を借り出し、三条大橋のたもとに立った。段ボールの切れ端に「至高の音楽を奏でながら死ぬ方法を教えてください」と書いて地面に置き、尺八は吹く真似だけしていると、薩摩琵琶を背負ってバイクに乗った女が近づいてきて急停止した。知らぬふりで同じポーズを続けていると、女は目の前に立って両手を耳にあてがい、しばらく天田を凝視していた。

「雲水さん、音が出てませんやん。ちょっと吹いてみてください。至高の音楽とやらを」

何を怒っているのか切れ長の目を吊り上げ言葉に棘があるが、瞳は好奇心に輝き、額から眉のあたりがほんわかとして少女のように初々しかった。

「僕、吹けないのです。ハモニカは吹けるんですが」

「なんや、音楽家やないのですね」

「わりと大きなホールで独演をやります。バリトンとバスを使い分けたりもします」

「声楽家ですか。ここで一曲歌ってください」

「ここじゃ恥ずかしいです。祇園の座敷なら歌えるかもしれません。僕、そのくらいの金なら持ってます」

女は、雲水が何をいうかと思ったのだろう、露骨に首をすくめ、「うちは祇園のお茶屋どす。明日八時においでやす」と店の名と住所を教え、「ただしおかあちゃんがあかんというたら門前払いやさかいね」と留保をつけた。

その女、橋川珠身は家に帰ると母に「明日うちの座敷に音楽家を招待したいんやけど」と低姿勢に頼み、「イチゲンさんはあきまへん」と断られると、「他所のお座敷で会おうかしらん」とか「あの人の歌を聞いたらスランプ抜けられるのに」などと粘って承諾させた。

翌日午後八時、天田は格子のツィード・ジャケットに臙脂の蝶ネクタイで茶屋の玄関に立った。千恵蔵が「七つの顔の男だぜ」で着用したのを借りてきたのである。そのうえ「やり手の青年実業家です。よろしくおもてなしを」と認めた御大の名刺も差し出したので、女将である珠身の母はいそいそと天田を座敷に通し、名刺をもう一度見直し、感心したように目を丸くした。

「へぇー、そのお若さで、手広くおやりなんですねぇ」

「まあ、何社かの顧問をやり、財務諸表の分析などを少々」

警戒心もなく天田が答えると、「そうですか、電力株は上がりそうですか」と女将は気さくな調子で訊ね、行きがかり上天田が意見を述べると次々と銘柄を示し天田に答えさせた。

女将が下がると、天田と珠身は芸妓を呼ばない変則の座敷で向かい合ってビールを飲み、そのうち当然のように音楽談義となり、これまた当然のように「琵琶を聞かせてください」と天田が所望する成り行きになった。

「それがあかんのです。デッドロックに乗り上げてるんです。完全にお手上げなんです」

心細げな震える声で珠身はそういい、涙に潤んだ目を天田にじっと注いだ。この日の珠身は藤色の夏紬、ひっつめにした髪を後ろで束ね同色のリボンで結び、化粧といえば口紅をひいただけの清楚な姿であった。まるで水の精でもあるような若い女が肩をすぼめ震えているのを見て、天田はとっさに立ち上がった。

「元気を出してください。あなたのために一曲歌います」

それはビゼーの「真珠取り」のアリア、「耳に残るはきみの歌声」だった。天田の声は今日はテノールで、自分でも甘美な、切ないほどの優しさを感じながら歌うことが出来たのだった。

「琵琶は弾けないけど、語りだけやります。犀星の詩をヒントにわたしが歌詞にしたものです」

そういって珠身は歌いだした。

「人はみな犀川べりのエトランゼ　鳥はみな昏き北へと還りゆく……」

たちまち二人は意気投合し、翌日デパートの食堂で再会することを約束した。客が帰ると、茶屋の女将は純粋の母親に早変わりし、お燗などもする長火鉢に娘を坐らせ、「あの男は総会屋でっせ。以後付き合うこと、なりまへん」と厳しく言い渡した。

禁じられれば燃えさかるのが恋の常、それに母も二十三にもなった娘を軟禁しておくわけにもいかず、「あーあ、あの人に会いたいな」と溜息をつきながら別の用事をこしらえて外出する彼女を腕ずくで引き止めることもかなわなかった。母の好きな豆大福を買いにわざわざ出町まで出かけるとか、母が書いた祇園日記を新聞社に売り込むとか、珠身は毎日用事を見つけ、わずかの時間ながら天田と逢引を重ねた。

三十分ほどのその短い逢瀬は二人の遣る瀬なさをいやがうえにも募らせ、二人の距離を急速にちぢめた。

天田は祇園に近い下河原の旅館を定宿にしていたが、そこで珠身に会うことはせず、デパートや神社の境内、しもた屋風のうどん屋などを逢引の場所とし、手を握ることもしなかった。柄にもない聖人君子のような天田であったが、昼も夜も祇園をほっつき歩き、珠身を想うことで過ごした。珠身の闊達で勝気な性格、それとはうらはらにふと物思いに沈むところ。洒落っ気に溢れた目とたまに見せる虚無的な眼差し、放埒な物言いをするくせに青い果実のような体つき。そんな珠身を想いながら祇園を歩くと、底の透けて見える水の流れにも、灯を映し揺らめく川の瀬音にも珠身を感じ、つくづくと祇園の娘を実感するのであった。

毎日続けた逢引の十度目は祇園石段下のフルーツパーラーだった。もう明日にでも東京に戻らねばならないが、妻子のいる自分がこの女を仕合せな家庭の人にすることは出来ないし、さりとて愛欲の泥沼に引きずり込むのも潔しとしない。そんなことを考えていると相手がだしぬけに

「琵琶一つ持って家を出たら、あなた、どうします」と言い出した。不意をつかれ戸惑い、ようやく「全身全霊で支えるよ」といおうとしたとき、珠身は前におらず、手を振って店を出て行くところだった。

　このまま会えないのが七十、戻ってくるのが三十ぐらいの確率だろうかと、気落ちして頭を垂れていると、二十分後に背中を叩かれた。

「わたし、もう後戻り出来ませんし」

　背中に琵琶を背負い、一泊旅行用ぐらいの鞄を提げていた。

「お母さんは」と訊くと、「修行に出ますといったら、茶簞笥から準備していたらしい封筒を出して、餞別や、いつでも帰ってきたらええといってくれました」と答え、舌をペロッと出した。

　二時間後に京都駅で会うことにして、茶屋や飲み屋のつけも旅館のほうで払ってもらうことにして清算すると素寒貧になった。駅で会うなり「済まない」と謝り、近いうちに出直してくるからと懇願すると珠身は一笑に付し「わたしのん、使うたらええのや」と財布を差し出した。

　そうはいかんぞと天田は一計を案じ、電話ボックスに入り、一度からかってやろうと狙っていた男の名前を探し出した。それは肥田という土建会社の社長で、最近は中央政界にも食い入り次回の衆院選に息子を出馬させようと運動しているという噂だった。さいわい日曜で肥田は在宅しており、旭経済研究所の天田ですと名乗ると、そこは利権漁りで財をなした人間である、「ああ名前は聞いてるで」と応じたので、「息子さんのことでいい情報があります」と嘘をいってすぐの面会を承諾させた。

天田は珠身を伴って南禅寺の疏水べりにある肥田宅へと赴いた。屋敷は住人とは釣り合いそうにない数寄屋造り、二段の石組の上に柾の生垣をめぐらせた宏壮な邸宅である。天田は家の外をひとわたり歩いてから生垣の中程で立ちどまり、「すまないが十五分後にここで、平家物語の祇園精舎を語ってほしい。出来るだけおどろおどろしくね」と珠身に頼み、文句をいわせぬようさっとその場を離れ玄関のベルを押した。

通された応接のソファには羆の毛皮が這いつくばり、現れた肥田は毛皮に負けぬほど獰猛な人相の、右手の小指から三本を欠くという男で、さすがの天田も腰が引けそうになったが、そこは突っ張って手を差し出し、二本指の右手と握手をした。

これで度胸のついた天田は「息子さんを当選させるには周りのものが行いを正さねばなりませんな」と先ず高飛車に出て、それから声高らかに、肥田が動いたとされる談合の噂話を三つまくし立て、時計を見た。そろそろである。

「肥田さん、自重してくださいよ。奢れる人も久しからず、といいますからな」

とそのとき、庭の網戸の方からわざとらしい野太い女の声が聞こえてきた。

「祇園精舎の鐘の声　諸行無常の響きあり……」

天田は立ち上がり声の方に歩いた。するとこの状況を不審に思ったのか肥田も後についてきた。

「肥田さん、あれは私の友人が生垣の向こうで歌っているのです。今度来たときは薩摩琵琶の伴奏で語らせます。何度でも何度でも来るつもりです。何度でも何度でもあなたに会いにね」

肥田は直ちに応接間から消え、中ぐらいにふくらんだ封筒を持って戻ってきた。

「お邪魔しました。どこかでまたお会い出来るかもしれませんな」

二度と来ぬことの願いがこめられた封筒を懐に入れ、天田は珠身の前に立った。

「金策がついた」

「あなた、何か悪いことしたんとちがう」

「お宅の池にボーフラ湧いてますよと教えただけさ」

「あーあ、わたし悪事に加担したんや。今日まで清く正しく生きてきたのに」

天田を押しのけ珠身は先に歩きだした。その怒りぶりは相当なものと思わせたが、タクシーを拾うと珠身はいそいそと乗り、車中、「伊豆か箱根に寄ろうか」と提案すると、「うん」とうれしそうに肩を寄せてきた。

特急に乗ると向こうには夜遅く着く。どこかで旨いものでも食べて時間をつぶし一等寝台で行こうと天田は決め、切符売り場に向かった。珠身も天田の手を取ってついてきたので、全部任せたなと思い切符を買おうとしたとたん、天田の手をぐいと引っぱった。

「各駅停車で行きましょう。それがわたしたちにふさわしいと思わない？　悪いことしたら必ず罰を受けるんです。質素でストイックな旅をして償うんです」

鈍行列車にはずいぶんと間があるので、四条に出て鱧でも食べようかと考えていると、「ここで待ってて、晩ご飯買ってくる」と珠身が向かいのデパートに駈けて行き、豚マンの包みを持って戻ってきた。それを、駅前のところどころ芝生の禿げた小広場で二個ずつ食べ、二人は仰向けに寝そべった。

夜空には芥子粒ほどの星々がうっすらと点在し、中に一つ大きな星が瞬いていた。

「あの星、これから行く沼津よりうんと遠いのに、こんなに近く見えるのはなぜだろう」

「それはきっと二人が気持を合わせて見てるからや。天田さん、あの星の株も一株持ってはるんやないの」

「君、俺の仕事、知ってたのか」

「おかあちゃんが教えてくれたもん」

「君、俺のこと軽蔑するかい」

「ぜーんぜん。日本銀行の株も持ってはったら、もっと尊敬するんやけどね」

そのうち珠身が「喉が渇いた、あの星、スランプの琵琶語りに同情して涙の一しずく落としてくれへんやろか」といったので、「おれ、水汲んでくる」と天田は腰を上げた。そして駅の洗面所に行って両手に水を満たすと、傍にいた少年に「ここの水、止めてくれないか」と頼み、珠身の所に戻った。

「おいしい、おいしい。天の川の水みたいや」

鈍行はがら空きで、緑のシートのついていない百パーセント木で出来ている座席に、二人は向かい合わせて坐った。膝をくっつけ目と目を合わせていると、体のもやもやに火がつきそうで、もう山科で息苦しくなった。珠身もまたそうなのか、米原辺でさりげなく天田の横に移ってきた。そうしたら何かほんわかとし、気持ちに余裕が出来て天田はこんなことを口走った。

「ストイックな旅というのは、宿屋に泊ってからもやり通すことになるのかな」

「キンヨク旅館のキンヨクの間を探しましょうよ」
「そういえば女が足首を紐で縛ってガードする小説、読んだことがある」
「あれは服毒で苦しんで裾が乱れたらみっともないから、ああしたんや。大岡昇平の『花影』です」

しばらくすると珠身は天田の肩に頭をあずけ寝息を立てはじめた。一方天田はというと、眠られぬままこれからの二人の行先を思いめぐらし、余計眠れなくなった。

沼津に着いたのは七時前だった。あまり俗化した所には行きたくないから、駅前の交番で「質素で静かな所に行きたいのですが」と、心中行と間違われぬよう元気な声で訊ねると戸田という港を教えてくれた。舟に乗るため港に赴き、待合の売店で餡パンとミルクを買って朝飯とし、定員五十人の蒸気船に乗った。

二人は甲板のベンチの後尾に、後ろ向けのものがあるのを見つけ腰を下ろした。その席からは富士山が真正面に見え、いまそれは朝日を浴びて燦然と輝き、誇りに満ちた雄々しい面貌でこちらを見下ろしていた。ふと天田は、マグロの一本釣り漁師である親父のことを思い出した。自分はその三男坊で、高校を卒業して家を出るとき親父は「一度の人生、思い切りでっかいことをやれ。一人前になるまで大間には帰ってくるな。女と弱い者はとことん慈しめ」と塩辛声で訓戒を垂れたものだ。あれから十年、いま振り返るとあの訓戒で実行したことといえば、故郷に帰らなかったことだけで、闇夜のドブネズミみたいな生き方をしてきた自分である。その憂さ晴らしにしても衝動的で、女に優しいとは決していえない遊び方だった。

急に粛然とした思いに襲われ口をつぐむと珠身にも伝染したのか、舌の回転が鈍くなり、ややあってこんなことをつぶやくのが聞こえた。

「富士山はやっぱり遠くで見るのがいいわ。こんなに近いと、なんや畏れ多くて」

戸田に着き船の切符売り場で国民宿舎を教えてもらい、そこに荷物を置いて散歩に出た。琵琶のようなまろやかな形の入江に沿って、ふざけ合いじゃれ合い、時々駈けたりもして二度往復し、さてどうしようかということになった。見ると、少し前はほんのり赤かった珠身の頬が蒼ざめ、目が虚空を見ているようにぼんやりしている。ひょっとすると彼女、二人のこれからのことを考えているのじゃなかろうか、自分と同じように。

国民宿舎は建ったばかりだそうで、大きな木柄の梁と白壁が落ち着いた雰囲気をかもしていた。月曜のことで客は無く、大浴場は天田の独り占めとなった。開け放たれた窓から斜めに日が差し込み、湯に反射して洗い場の鏡にゆらゆらと揺れ、時折あるかなきかの微風がクチナシの香りを運んでくる。

洗い場に上がり、背中をこすりながら天田はふと左側の鏡に目をやった。そこには、左腕の薔薇の刺青が毒々しく風呂場の光をはねかえし、その存在を誇示しているように見えた。

まだ二十歳の頃、無思慮に粋がって彫ったものだが、それがいま半端にヤクザな生き方の象徴にように思え、天田は思わずそれを手で覆った。するとどうだろう、手の平一面に棘が刺さったような痛みを感じ、びっくりして手を離すと、そこから強烈な臭気が立ち上がり鼻腔を塞いだ。

それはほんの一瞬のことで、臭気は嘘のように消えたが、天田の受けた衝撃は脳天にまで及んだ。いかん、いかん、これは天の啓示であるにちがいない。こんな刺青をまとったまま珠身を抱くことは許されないぞ、断じて断じてそんなことはしてはならんぞと、天が命じているのだ。天がおれにまともになる絶好の機会を与えてくれたのだ。

天田は即座に決心をした。この刺青を消すまでは、そしてまっとうな暮らしが立つようになるまでは絶対に珠身を抱くことはならないと。

天田は部屋に戻り、冷蔵庫からサイダーを出し、縁側のテーブルに置いた。開けた窓からは黒松を連ねた弓形の岬が見え、その上に日が翳り藍を濃くした富士の重くどっしりした姿が見えた。それを見ていると、天田の決心は不動のものとなった。

風呂から戻った珠身は口紅を薄く塗っただけの顔で、天田の前に坐った。国民宿舎の松葉模様の浴衣が大き過ぎ、中学生のように幼く見えた。

天田が黙ってサイダーを注ぐと、「いただきまーす」と珠身はそれを一口飲み、ふーっと大きな息をついた。そうして少しの間をおいて二人は同時に声をかけた。

「あのね」

「じつはね」

お互い、顔が真剣なのがわかり、二人とも口をつぐみためらっていたが、そのうち珠身が先に話させてほしいと手ぶりで示したので、天田もどうぞと手で示した。

「天田さん、かんにんしてください」と丁寧に頭を下げ、珠身は話しだした。おっとりとやわらかな口調の中にきっぱりとした決意をにじませて。

「わたし、明日京都に帰ります。やっぱり琵琶のことを中途半端にしたままあなたと一緒になることは出来ません。それはあなたに迷惑をかけることになるし、だいいち祇園の外に出て至高の音楽が作れるとは思われへんのです。今日富士山を見て、きつく叱責される思いがしました。お前、こっちに来るのはまだ早いぞ、琵琶のことときちんとしてからにしなさいといわれたみたいでした。でもね、祇園は両刃の剣なんです。お金が絡むことなどたまらなく厭なんやけど、あの街がそこはかとなく好きなんです。芸に対する厳しさ、折々の節目正しいしきたり、それとうらはらの放蕩気分が。わたし、遊びのいい加減さに逆らって勇壮、悲愴を演じたんやけど、ほんとうは無常が好きなんです。水の音を枕に流連《いつづけ》をして破滅する、そんな耽溺を曲にしようとしたけど、わたしのは死の匂いがつよくなりすぎてあかんのです。都をどりのさんざめきの中、夜桜がほの白く雪のようにはらはらと舞い散る川辺に、うっすらと滅びの匂いが漂う、そんな曲が作りたいのです。とっても、とっても作りたいんです。それが書けたら箱根を越えます。あなたの腕に飛び込みます。そやからそれまで待ってください。そんなに時間はかかりません。きっと早く仕上げます。きっときっと早く」

珠身が話し終わると、天田も自分の決心を告げ、それまでは君を抱かないとあらためて宣言し、サイダーで乾杯しようといった。

「いやです、いやです」と珠身ははげしく首を振り「今夜はべつです、今夜はべつです」とサイダーの乾杯に頑として応じようとしなかった――。

ここまで話すと天田は口をつぐみ、いっそう遠くを見るように目を細めた。なかなか口を開きそうにないので私はじりじりして訊ねた。

「それでその晩お二人は」

「君は信じないかもしれないが、何もしないで翌日沼津で東と西に分かれたよ」

「その後どうなったのです」

「私はその三月ほど前に、株の不正操作をした証券会社の役員に怪我を負わせた。ところがその不正操作が刑事事件になり、そのとばっちりで、沼津から帰って間もなく逮捕されたんだ。私はやはり傷害で執行猶予中だったからそれと合わせて一年三か月服役することになった。そうして出所してきたときには珠身はこの世の人では無くなっていた。肝臓癌で、沼津行から八か月後に亡くなったそうだ」

　私は、悲劇の大きさ、唐突さに声も出ず椅子に縛り付けられたようになった。天田もそれきり口を閉ざしてしまったので、これはいかんと私は口を開いた。

「不思議ですね。九月末ここへ来たとき、京都の花街の夢を見ましたよ。夕子さんによく似たお茶屋の孫娘が琵琶の弾き語りをやるのですが、『春の夜の夢の如し』と歌うとき滅びの匂いが漂うのです」

「その夢の話を彼女の報告で聞いて、じつに不思議な気持ちがしたね。ひょっとすると君と夕子さんは私と珠身の生まれ変わりではないだろうか。そうするとKYOTOオンディーヌを作詞したのはやはり瀧川慶次郎で、二十八歳の俺の分身にちがいないとね」

「それでは不思議ついでに訊きますが、私がここに来るたびに同じ島の夢を見るのはどういうからくりなんですか」

「それがね、ほかの客の見る夢はその日限りの、次と脈絡の無いものだから、この点も不思議でならないんだ。おそらく……君に刻まれた一度目の島の強い印象が君の類まれな浪漫的性格とあいまって、ずっと脳裏から離れないのじゃないだろうか」

私にはもう一つ聞きたいことがあった。夕子が年季の延長を申し出たかどうかである。夕子に会えないのならせめていい返事をと考えたのだが、未練がましいぞという声が私の内部から聞こえてきた。

しばらくすると天田は「もう届いているだろう」といって腰を上げ、すぐに戻ってきた。中学生が修学旅行で持つようなキャリーバッグを引いてきて、「鍵はかかっていない。中身を確かめてくれ」と私の傍に置いた。私は、確認に及ばないことを手を振って示し、「友人に連絡するので、電話を貸してください」といった。

「それには及ばないよ。証拠なんてもらっても仕方がないからね」

荘重に響くバリトンで天田はいい、私の前に座ると満面に笑みをたたえた。初めて会った日、私の要求を容れたときのあの弾けるような笑みである。

「何故です？　どうして証拠が要らないのです」

「君に風子文書を持たせたままにしていても、私には害が及ばないからね。その原本で君がもう一度私をゆするなんて、あり得ると思うかい」

「しかし、あれを回収しないと、あなたは刑事訴追の危険にさらされます」

「君はたぶん今夜にでもあれを破り捨てるだろう」

「これはまた面妖なことを」

「いまさっき気づいたんだが、この件が刑事事件になることを君自身が怖れているんだな。この件は、大月君の遺書と二通の風子文書だけでは立件が難しいだろう。これらの文書とこの島、そして天田一星との関係を知っているのは君だけであり、君の供述がないとこの三通はただの紙切れに過ぎないからね。君が、もし天田が要求を拒んだときは刑事訴追に追い込んでやれと考えているのなら、本件の顚末を書いてマイチョウの社会部記者に送ったはずだ。そうしたら君がここで消され連絡が十日途絶えるとその記者は君の郵便を開封し、そこで天田一星の殺人事件が産声をあげることになっただろう。どうだね、瀧川君、マイチョウの記者に文書を送ったかい？」

仕方なく私は首を横に振った。

「君は本件が刑事訴追されることを極度に怖れているんだ。これが立件されたら大月のぼるに関わるあらゆる事実が白日の下にさらされるだろう。そうすると当然彼は作詞家なんかじゃなくただのダミーでしかなかったことが暴露される。それが君には耐えられなかったんだね。といっても、自分がダミーを作ったことで非難を浴びるのを怖れたわけじゃない。ただ一つ、君の頭にあり、君の頭をいっぱいに占めて離れなかったのは大月君の二人の坊やたちの顔だ。お父さんは立派な作詞家で、仕事に悩んで自殺したけれど、それだからなおさらお父さんを心から尊敬している坊やたち。その坊やたちが真実を知ったらどれほどのダメージを受けるだろう。一生癒されることのないトラウマを抱えることになるだろう。君はそれを考えて刑事訴追だけは何としても避けたかった。だからこの島のことは胸ひとつに収めて、イチかバチか今日ここへ来たのだろう。もし島で消され一億円が手に入らなくても、坊やたちの父への尊敬の念だけは守ってやれると考えてね」

私は言い返す言葉もなく、頭を垂れた。瞼から涙が溢れそうになるのをこらえ、ようやく頭を上げると、天田の目が穏やかに笑っていた。

「この荒廃の極にある日本で、このような珍種の人類がまだ棲息していたとはなあ……まったく何ということだ、何ということだ」

天田は立ち上がり、「お別れの乾杯をしよう」といった。

私も弾かれたように立ち上がった。

「願わくば、瀧川慶次郎という金食い虫に二度と会わぬことを祈念して」

私と天田はシャンパンを跳ね飛ばす勢いでカチンとグラスを合わせた。すると、その音が序曲であったようにあの曲が鳴りはじめた。

白川に　簪沈め
あの街を　あとにしたけど
かにかくに
水音恋し　映る灯恋し
揺れ揺れる

わたしは　KYOTOオンディーヌ
宵山の　さざめき耳に
お座敷を　逃げてきたけど
かにかくに
朝のせせらぎ　風とたわむれ
きらきらと
わたしはKYOTOオンディーヌ

花月夜　まぶたに想い
みだれ髪　ねむれぬ夜は
かにかくに
いざよう波へ　花は雪色
ほろほろと
わたしはKYOTOオンディーヌ

歌が終ると天田は「いつもどおりムロウジさんに自宅まで送らせるよ」といって自分でキャリーバッグを部屋の出口まで運んだ。

「天田さん、私はもう作詞をやめます。あなたを欺いたこと、重々お詫びいたします」

頭を下げると、なんのなんのというように天田は手を振り、ふわっと自然な感じで手を差し出した。

「瀧川君、KYOTOオンディーヌを、ほんとにありがとう」

著者略歴

小川征也（おがわ・せいや）

昭和15年、京都市に生まれる。

昭和38年、一橋大学法学部卒業。

昭和39～42年、衆議院議員秘書を務める。

昭和43年、司法試験合格。

昭和46～平成19年、弁護士業務に従事。

著書＝エッセイ『田園調布長屋の花見』（白川書院）、

小説『岬の大統領』（九書房）、『湘南綺想曲』（作品社）ほか。

KYOTOオンディーヌ

二〇一一年十月二五日第一刷印刷
二〇一一年十月三〇日第一刷発行

著者　小川征也
装幀　吉永聖児
発行者　髙木有
発行所　株式会社作品社

〒一〇二-〇〇七二
東京都千代田区飯田橋二ノ七ノ四
電話　(〇三)三二六二-九七五三
FAX　(〇三)三二六二-九七五七
振替　〇〇一六〇-三-二七一八三

印刷・製本　シナノ印刷㈱

ISBN978-4-86182-359-6　C0093